TRAVAUX ET MARTYRE

DE

MGR IMBERT,

DE CABRIÈS, DIOCÈSE D'AIX,

ET DE SES DEUX COMPAGNONS,

MM. MAUBANT ET CHASTAN.

TRAVAUX ET MARTYRE

DE

MGR IMBERT,

DE CABRIÈS, DIOCÈSE D'AIX,

ET DE SES DEUX COMPAGNONS,

MM. MAUBANT ET CHASTAN.

DÉDIÉ AUX ÉLÈVES DES SÉMINAIRES.

Sacramentum Regis abscondere bonum est, Opera autem Dei revelare et confiteri honorificum est. Tob. 12, 7.
Gardez le secret des Rois, mais révélez et publiez les œuvres de Dieu.

MARSEILLE,

IMPRIMERIE ET LITHOGRAPHIE DE P. CHAUFFARD,
Boulevard du Musée, 21.

1858.

A SA GRANDEUR

MONSEIGNEUR L'ÉVÊQUE DE MARSEILLE.

MONSEIGNEUR,

Un pauvre enfant de notre Provence, élevé par son mérite aux plus hautes dignités de l'Eglise, et, par une grâce signalée, honoré de la palme du martyre, IMBERT, de Cabriès, mon condisciple pendant huit ans, est proposé pour être canonisé, avec ses deux vicaires et plus de quatre-vingts martyrs qui les ont accompagnés dans leur triomphe.

Une si grande gloire, destinée à un compatriote que son pays n'a presque pas connu, m'a porté à publier ce que je savais des vertus de sa jeunesse, ce que les *Annales de la Propagation de la Foi* et ses amis de France ont pu m'apprendre de ses travaux et de son glorieux martyre.

Ce récit pourrait-il être mieux placé que sous le patronage vénéré d'un Pontife dont l'épiscopat a illustré le siège de Saint

Lazare par tant de monuments religieux, et qui est particulièrement digne de l'estime et de la reconnaissance chrétienne pour avoir fondé une société dont les membres se dévouent aux mêmes travaux qu'Imbert? Je m'adresse donc avec confiance, Monseigneur, à votre piété profonde pour faire connaître à mon pays et à toute la France les vertus, les travaux et le dévouement d'un ami que j'ai pris pour mon protecteur, et qui le sera bientôt, je l'espère, de toute la jeunesse de nos écoles.

Bénissez, Monseigneur, le dessein qui m'a porté à rendre publiques les merveilles que Dieu a opérées avec un si faible instrument, et puisse votre bénédiction faire naître dans les cœurs de ceux à qui je destine ce récit, à tous les élèves des séminaires, quelques-unes de ses pensées *vives et efficaces qui pénètrent jusqu'au fond de l'âme*, et qui donnent au dévouement d'Imbert une foule d'imitateurs.

J'ai l'honneur d'être, avec le plus profond respect,

MONSEIGNEUR,

DE VOTRE GRANDEUR,

Le très-humble et très-obéissant serviteur,

H.-P. JOURDAN,

Ancien Professeur de Rhétorique et Directeur des Études de la Maison Sainte-Croix, à Aix.

Marseille, le 7 septembre 1858.
Rue Saint-Jacques, 41.

Marseille, le 11 septembre 1858.

MONSIEUR,

J'applaudis au zèle qui vous a porté à publier votre intéressante Notice sur la vie et la mort de Mgr Imbert, notre cher et vénéré compatriote. Je me plais à espérer que cette lecture édifiante produira d'heureux fruits dans les âmes. Puisse-t-elle faire naître en quelques-unes le désir de partager les peines et les fatigues d'un si glorieux apostolat !

Recevez, Monsieur, avec ma bénédiction paternelle, l'assurance de mon sincère attachement.

† **C.-J. EUGÈNE**,

ÉVÊQUE DE MARSEILLE.

ERRATUM. A la page 85, ligne 18, au lieu de honorèrent, *lisez :* changèrent.

PRÉFACE.

Le 26 septembre de l'année dernière, le journal de Rome vint apprendre à la France que le Souverain Pontife avait signé la commission pour la canonisation de 83 martyrs coréens, entre lesquels est au premier rang un nommé Laurent Imbert, évêque de Capse.

Quel est cet Imbert? dirent quelques-uns. — C'est un missionnaire français, appartenant au séminaire des Missions étrangères de Paris, répondirent les plus instruits; et, tournant le feuillet, on passa à la recherche de nouvelles plus intéressantes.

Plus intéressantes? vous n'en trouverez pas tous les jours.

Prenez et lisez : Ce prince des martyrs coréens fut un petit paysan; c'est le grain de sénevé (1), petite graine, qui a produit un grand arbre; c'est la pierre détachée de la montagne qui va renverser le colosse de l'idolâtrie (2). Cet Imbert est notre compatriote; c'est un Provençal; il est l'ouvrage de ses propres mains, vous dirais-je en style profane, s'il était permis de laisser passer une seule idée profane dans un sujet aussi sacré. Non, il est l'ouvrage de la grâce divine, dois-je dire en style chrétien, particulièement favorisé de Marie, et de Marie conçue sans péché, comme les faits vont le montrer.

Ce récit est spécialement destiné aux élèves des séminaires. Il s'agit d'un jeune séminariste à imiter dans son incessante application à l'étude et au travail, dans son assiduité à la prière vocale et mentale, dans l'esprit de foi, d'humilité, d'obéissance dont il fut imbu de toute manière, dès ses commencements, par les paroles et les exemples de ses pieux professeurs. Modèle non moins parfait dans les travaux apostoliques, *exultavit ut gigas;*

(1) Math. 13. 31. (2) Dan. 2. 34.

riaux à leur éloquence. Qu'on n'attende pas de nous des paroles fleuries, arrangées avec soin ; cette histoire est pleine de sang, les fleurs y seraient déplacées.

Imbert ne sera pas seul honoré en ce jour. Une foule de martyrs l'ont précédé et suivi au jour du combat, il est juste que tous aient part au triomphe. Mais, parmi cette foule de combattants, il en est deux plus intimement unis à leur chef ; deux Français, M. Maubert, prêtre du diocèse de Bayeux, pieux et studieux dans sa jeunesse, missionnaire intrépide et zélé dans sa trop courte carrière, et M. Chastan, autre compatriote, autre Provençal, dont les premiers pas dans la vie méritent, ainsi que ceux de Mgr Imbert, d'être proposés aux élèves des séminaires.

Imbert naquit au domaine de Labori, à Calas, petit hameau de la commune de Cabriès, à 10 kilomètres d'Aix, le 15 avril 1798, de Louis Imbert et de Suzanne Flopin. Son père était pauvre et hors d'état de lui donner aucune instruction ; mais l'enfant avait reçu un *cœur pur* et *une âme droite*, et de même qu'il ne devait rien attendre que de la charité chrétienne, aussi avait-il tout ce qu'il fallait pour recevoir la semence du ciel et la faire fructifier.

Imbert trouva un sou : *Bon*, dit-il, *j'achèterai une Sainte-Croix* (un Alphabet) : il avait alors huit ans. Son père lui acheta le petit livre, et voilà le petit garçon qui va trouver une bonne vieille, sa voisine, pour lui demander le nom des lettres. Il y retourne fréquemment, et la bonne voisine, char-

mée de tant de bonne volonté, flattée de le voir
retenir si bien ses leçons, l'accueille toujours avec
la même bonté! Son élève sut bientôt lire. Il commença à écrire tout seul, sans papier, sans plume;
il écrivit avec du charbon sur les pierres, sur les
murailles, copiant la forme des lettres de son livre.
Alors sa maîtresse, touchée de tant d'ardeur, lui fit
l'avance d'une plume et d'un cahier sur lequel elle
lui traça les lettres de l'écriture cursive. Heureuse
maîtresse! Elle n'avait d'autre salaire à attendre que
des remercîments. N'a-t-elle pas été bien payée, alors
qu'elle a vu son élève, constant dans son application,
mériter les faveurs de ses maîtres, et devenir graduel-
lement, à force de mérite et de dévouement, prêtre,
missionnaire, évêque, et enfin martyr!

Ses progrès en écriture ne furent pas moins rapides.
Ce petit prodige ne put être longtemps ignoré de M.
Arnaud, curé de Cabriès, qui fut ravi des excellentes
dispositions de cet enfant; il le demanda à son père,
et voulut le garder à la cure pour lui donner ses soins;
il lui donna les premières leçons de grammaire française, et après l'avoir éprouvé pendant quelque temps,
il chercha à lui procurer, dans la ville d'Aix, un protecteur qui voulût lui fournir le moyen de continuer
ses études.

On était alors en 1808; l'esprit religieux n'avait pu
relever encore de leurs ruines ou créer de fond en
comble ces maisons, si nombreuses de nos jours, où
toutes sortes d'infortunes trouvent asile et secours;

mais la ville d'Aix possédait un établissement, de peu d'éclat quoique très-digne d'estime, celui que de bons frères, surpris par la révolution dans la première ferveur de leur institut, avaient porté en Allemagne, après la nuit si fameuse du 4 août 1789. Revenus avec leur digne chef, le P. Antoine Receveur, les frères et les sœurs de la *Retraite chrétienne* s'étaient présentés à Marseille à Mgr de Cicé. Le vénérable prélat crut devoir les retenir à Aix, donna aux sœurs une maison, rue de la *Pureté*, et aux frères un autre immeuble, près du local de l'Université. Cette maison, sous l'invocation de Saint-Joachim, est placée dans une rue étroite, assez triste ; elle contint jusqu'à 125 personnes : maîtres, frères et élèves. Un petit nombre de ces derniers payaient seuls une modique pension ; et pauvre comme elle était, la maison ne craignait pas de se permettre parfois des libéralités que n'auraient osé hasarder le grand ni le petit Séminaire.

Saint-Joachim lui ouvrit ses portes. Le P. Charles Brétenière, successeur du P. Antoine, et digne héritier de ses vertus, était supérieur de la société de la *Retraite chrétienne*, dont les membres étaient vulgairement appelés *Frères gris*. Le curé de Cabriès lui présenta son élève, et eut le bonheur de le voir admettre sur un simple certificat de sa bonne volonté et de ses heureuses dispositions. Il fut admis gratuitement, à la seule condition qu'il paierait ses vêtements et ses fournitures. Hélas ! le père d'Imbert n'était pas même en état de suffire à cette dépense. M. le curé fit sans doute ce qu'en pareille occasion croirait devoir faire tout bon pasteur ; mais il n'eut pas longtemps à fournir du sien.

Imbert, admis à Saint-Joachim , et pénétré de reconnaissance, s'appliquait à tous ses devoirs avec une incroyable activité ; la prière, l'étude, *le travail des mains* remplissaient tous ses instants. L'ai-je vu jouer une seule fois? Je ne m'en souviens pas. J'ai fait la même demande à d'anciens condisciples, aucun ne se souvient de l'avoir vu jouer. Que faisait-il donc pendant la durée de ces amusements auxquels le réglement appelle les élèves deux fois par jour? Il avait vu les frères de la maison tordre du fil de fer pour confectionner des chapelets, il voulut faire comme eux. Il apprit donc à faire des chapelets ; et le voilà , le fil roulé autour de son bras, les pinces à la main , faisant des chapelets pendant les récréations , pendant les études, tout en apprenant sa grammaire et ses auteurs classiques ; en allant au collége et revenant à la maison, il traversait la ville, quatre fois par jour, tenant constamment en main le fil et les pinces ; il les avait pendant toute la durée de la promenade le jeudi, et les jeudis d'après Pâques, où les promenades sont plus longues, on ne le vit jamais se lasser de faire des chapelets (1).

(1) Le Père Modeste , supérieur de cette Maison en 1817, transporta la communauté hors ville, près de la porte Bellegarde, et l'appela Maison Sainte-Croix. Elle est actuellement dirigée par le Père Jérôme Magnan, de Valensole, condisciple de Mgr Imbert.

Ces chapelets il les vendait, et du produit de cette vente il payait ses cahiers et ses livres ; il achetait ou faisait raccommoder ses chapeaux, souliers, vêtements quelconques, et le surplus (il lui restait du surplus !) et le surplus, il l'envoyait à son père qui était déjà avancé en âge, et à peu près hors d'état de travailler. Aimable enfant ! précieux enfant ! il voulut régulariser le secours qu'il envoyait à son père, et parvint à lui faire toucher, sur le produit de son travail, une pension de 15 francs par mois.

Pour assurer cette ressource à son père, Imbert avait su prendre les instincts du commerce ; il perfectionna ses chapelets ; il imagina de jolies médailles pour les *Pater* et le *Credo ;* il organisa des loteries pour vendre les chapelets de prix, destinés à orner les statues de la Sainte Vierge, pour lesquels il faisait venir de Lyon du fil d'argent et de belles médailles ; il se mit en rapport avec des négociants, et fit porter ses produits jusqu'en la foire de Beaucaire. On peut tout faire avec la bonne volonté et le sentiment du devoir. Ajoutons, à l'honneur de ses maîtres, qu'ils firent plus que d'admirer sa prodigieuse activité. Ils voulurent lui aider à satisfaire sa piété filiale. M. Topin, principal du Collége d'Aix, l'appelait souvent dans sa chambre ; c'était pour lui faire don de vieux habits, soutanes, chapeaux, etc., qu'Imbert faisait arranger à sa taille, épargnant ainsi les petites sommes qu'il lui aurait fallu débourser pour son entretien, et auxquelles il trouvait un meilleur emploi.

Le travail manuel n'empêcha pas Imbert de faire de bonnes études. L'esprit de piété a toujours produit l'application, et le motif de la gloire de Dieu a toujours eu plus de force pour stimuler l'émulation, que toutes les distinctions usitées dans la plupart des maisons d'éducation. Imbert en est une preuve. La messe et la méditation, les petits offices de la Divine Providence et de l'Immaculée Conception, et plusieurs autres exercices de piété usités en cette maison, ne le fatiguèrent jamais et ne le rendirent point inférieur aux élèves du Collége de la ville.

L'an 1811, un décret de l'empereur obligea les élèves de Saint-Joachim, comme ceux du petit Séminaire, à fréquenter les classes du Collége, et ce fut dans ce contact que l'on vit la supériorité de nos études sur celles des autres maisons d'éducation. M. Sicard et M. Topin, noms renommés parmi les bons professeurs, nous témoignèrent toujours beaucoup d'estime et d'affection. Et ce ne fut pas une année stérile en noms distingués : Guitton, d'Aix, depuis évêque de Poitiers, Hippolyte Topin, neveu du principal, M. Mottet, ancien député, aujourd'hui recteur de l'Académie d'Aix, Michel de Pourrières, devenu Michel de Bourges, etc. Imbert ne fut inférieur à aucun d'eux. Pieux et studieux furent donc ses deux qualités ; ajoutons-y celle de travailleur infatigable, et posons à son sujet cette fameuse question : *Quis, putas, puer iste erit?* Que deviendra un jour cet enfant (1)?

(1) Luc, 1, 66.

A cette époque, un professeur de la maison, M. Bayle, ancien avocat près le tribunal d'Avignon, recevait quelquefois des lettres de missionnaires établis en Chine. Il nous en faisait lecture en classe et y ajoutait de vives exhortations pour nous porter à embrasser la carrière des missions. *Qui veut aller en Chine? Qui veut aller sauver des âmes?* Ces pauvres petits enfants que les Chinois abandonnent sans compassion, et que nos missionnaires, que de simples catéchistes envoient au ciel par milliers, en leur administrant l'eau du baptême, ces pauvres créatures nous touchaient de compassion, et la facilité de leur être utiles nous faisait répondre, tous ensemble : *Moi, moi.* Tous n'ont pas tenu leur promesse ; mais avec quelle force Imbert s'attacha à cette pensée ! Elle devint sa préoccupation continuelle et dominante.

Imbert fit sa rhétorique en 1813, sous M. Sicard ; il obtint le grade de bachelier ès-lettres, et passa au grand Séminaire pour y faire sa théologie. La pensée des missions ne le quittait pas. Je ne dirai rien de ses prières, ni de ses ferventes oraisons, où il s'entretenait de ce projet. Mais nous le voyions tous s'efforcer d'endurcir son corps pour le rendre propre aux fatigues de l'apostolat. Tous les matins, en hiver, il se lavait la tête et le cou avec de l'eau glacée, et allait jusqu'à tenir ses mains sur la lampe allumée pour en rendre la peau dure et comme insensible. Il n'est pas nécessaire d'ajouter qu'il continuait son travail manuel au grand Séminaire, n'ayant pas d'autre moyen de se procurer l'entretien nécessaire , et ne pouvant s'empêcher de penser à son pauvre père qui était dans le besoin.

Ses études de théologie achevées, notre ami Imbert n'avait pas encore l'âge requis pour le sous-diaconat. Ce retard forcé fut un bienfait de la Providence. « Aux vacances de 1816, nous disait M. Boni, sul-
« picien et professeur de morale au grand Séminaire,
« j'étais à Givors. Un jour, je reçus la visite de M. le
« maire, qui venait me demander un jeune ecclésias-
« tique pour faire l'éducation de ses fils. C'était le
« moment de ma méridienne : je lui promis de m'oc-
« cuper de sa demande ; et il me vint tout de suite
« dans l'esprit qu'Imbert de Cabriès, ferait bien pour
« ce poste ; qu'il avait deux ans à attendre avant d'ar-
« river aux ordres sacrés ; qu'il apprendrait , dans
« cette maison , la manière de vivre dans le monde,
« tandis qu'il enseignerait à ces jeunes gens les prin-
« cipes de latinité et les leçons de vertu dont son cœur
« était rempli. Je me décidai sans délai, et comme
« le pauvre Imbert pouvait n'être pas en fonds pour
« entreprendre ce voyage, je lui envoyai 50 francs,
« et je lui dis : Venez. » Imbert arriva , fut agréé , se fit aimer, et doit avoir laissé les plus agréables sou-venirs dans cette maison ; car presque toutes les let-tres qu'il a écrites de la Chine sont adressées à ses anciens élèves, avec cette seule suscription : à Mes-sieurs ***, à Givors.

Parvenu à l'âge de prêtrise, Imbert comprit que le moment était venu de prendre une grande détermination, et que pour mettre à exécution les hardis projets qu'il avait formés, il avait besoin des secours d'en-haut. Il se retira pour un temps dans le désert, à la Trappe d'Aiguebelle, près de Montélimar. Là, dans le silence, la prière et les exercices de pénitence, il examina ses forces, suivant le conseil de N. S., pour voir s'il pourrait conduire à bonne fin l'édifice qu'il voulait élever : *Priùs sedens computat sumptus qui necessarii sunt, si habeat ad perficiendum* (1).

Il consulta la volonté de Dieu, non-seulement dans la prière et la méditation, mais encore dans les conférences avec le saint abbé du monastère, à qui il se fit entièrement connaître. Il ne fut pas difficile à ce vénérable directeur de voir que la main de Dieu était avec ce jeune lévite ; il eut occasion d'admirer en lui la conduite du Saint-Esprit, et rendit intérieurement gloire à l'auteur de tout bien, qui n'a besoin de personne pour produire les œuvres les plus parfaites. Imbert avait parlé avec franchise, il attendit avec soumission, et reçut avec la plus vive joie la décision de l'homme de Dieu, qui lui parut un autre Jésus-Christ lui disant, comme aux apôtres : *Ite, docete, omnes gentes* : Allez, allez prêcher dans tout l'univers.

Confirmé dans ses desseins par la déclaration de l'homme de Dieu, et adressé par lui au Séminaire des Missions étrangères, à Paris, Imbert partit plein de confiance et alla se présenter au supérieur qui fut frappé, à la première vue du jeune Provençal, et en

(1) Luc, 14, 28.

conçut une très-bonne idée ; il reconnut en lui toutes les qualités d'un bon missionnaire, et, de plus, une taille, une figure, un teint, à le faire prendre facilement pour un Chinois. Imbert lui déclara qu'il se destinait à la Chine depuis dix ans ; que cette idée ne l'avait pas quitté durant ses études, qu'elle avait dirigé ses travaux et ses prières, et que, comme saint Jérôme au désert croyait entendre la fameuse trompette qui doit appeler tous les hommes au jugement, il s'était continuellement senti excité par cet appel du pieux avocat son professeur : *Qui veut aller en Chine ? Qui veut aller sauver des âmes ?*

Imbert fut donc destiné à la Chine, et ses supérieurs ne négligèrent rien pour l'aider dans ses préparatifs. Il y employa deux ans, deux ans pendant lesquels il lui fallut retenir son ardeur ; mais c'était pour se rendre plus capable de servir en bon soldat de Jésus-Christ. Sous la direction des hommes apostoliques qui, après avoir blanchi dans les travaux des missions, sont ramenés à Paris par l'obéissance, pour apprendre à d'autres plus jeunes les voies de l'apostolat, il se pénétra de l'esprit de cette maison sainte, où se sont formés tant d'apôtres, où se sont préparés tant de martyrs, où, de toutes les parties du monde, arrivent tous les jours les récits émouvants et les soupirs brûlants des missionnaires, qui réclament des secours et des conseils, et confient leurs peines et leurs succès à leurs pères bien-aimés.

Plein du feu du Saint-Esprit, Imbert reçut avec des

transports de joie l'ordre du départ et sa destination pour le Su-Tchuen, province occidentale de la Chine, une des quatre missions entretenues par le Séminaire des Missions étrangères, dans ce vaste empire où tant d'autres congrégations de France, de Belgique, d'Espagne et d'Italie ont aussi leur part de terre à cultiver.

Ce fut en 1820 qu'il reçut, avec l'ordre de son départ, les touchants adieux de ses amis et supérieurs. Qui pourrait dire ce qui se passa dans l'âme des assistants au moment où furent prononcées ces belles paroles : *Quàm speciosi pedes evangelizantium pacem, evangelizantium bona* (1)! Qu'il est beau le sort de l'apôtre portant au loin la paix, et tous les biens avec elle! Et Imbert, Imbert déjà si plein d'ardeur, quand il vit à ses pieds ces hommes vénérables, ses pères et ses maîtres!....

J'eus le bonheur de le voir dans sa chambre, quelques jours avant son départ. Il me montra deux très-grandes caisses, encore ouvertes, dont l'une était pleine de livres pour l'établissement d'un séminaire dans le Su-Tchuen, et l'autre contenait des outils de divers métiers, qu'il avait appris pendant son séjour à Paris, pour les enseigner à ses néophytes. J'y vis entr'autres choses, une pierre lithographique, dont il devait se servir pour l'impression des livres à l'usage des missionnaires et des fidèles. Il me rendit cette visite, et me pria de lui donner des résumés de discours du P. Charles et du P. Antoine, supérieurs de cette

(1) Rom, 10. 18.

Retraite chrétienne pour laquelle il avait conservé tant de reconnaissance et d'amour. Ce fut sa première bienfaitrice, qu'elle soit la première à ressentir la joie de son triomphe, et les effets de sa protection ! Je satisfis bien volontiers à sa demande , quoique ce recueil d'extraits m'eût donné bien de la peine. Quel bonheur si, après avoir passé par les mains d'un martyr, ce cahier pouvait revenir à son auteur !

Sa destination fut bientôt connue des fidèles de la Chine, vers qui on l'envoyait ; mais bien des obstacles retardèrent son arrivée. Les besoins des diverses missions qu'il avait à traverser le retinrent d'abord au Bengale, d'où il passa au Séminaire de Pulo-Pinang, au détroit de Malacca. Cet établissement avait été fondé , en 1808 , par M. Létondal, procureur des Missions étrangères à Macao, pour recevoir les élèves qu'on destinait à la prêtrise. C'est surtout la province du Su-Tchen qui fournissait des élèves à cette maison, depuis que la persécution de 1815 avait réduit en cendres le séminaire fondé au cœur de cette province, par M. Ravel , missionnaire français.

Le directeur des études de Pulo-Pinang, M. Mouton, venait de mourir lorsque M. Imbert y arriva , le 19 août 1821. Il fut reçu comme un ange venu du ciel , et retenu pour diriger les études des jeunes Chinois, à qui on enseignait la langue latine et la théologie. Ce retard fournit à notre missionnaire le moyen de se perfectionner dans l'étude et la pratique de la langue chinoise. Il n'y resta cependant que trois mois et demi, et en partit, le 2 décembre suivant, pour Macao, sur un navire anglais.

Cruelle séparation! Les chrétiens l'accompagnèrent jusqu'à la mer; ils l'inondèrent de larmes; ils ne pouvaient détourner leurs yeux de dessus la petite barque qui le conduisait au navire. Après quelques jours de repos dans cette ville frontière de la Chine, où réside le procureur des Missions étrangères, il fut envoyé au plus pressant, au Tong-King. Il y fut retenu plus de deux ans par les besoins de ces chrétiens toujours persécutés, qui se disputent nos missionnaires, comme les premiers fidèles tâchaient de retenir les apôtres. Mais le désir d'entrer en Chine ne le quittait pas; et quand le moment fut venu de passer du Tong-King dans l'empire chinois, la chose présenta bien des difficultés. Il se passa bien du temps avant que les courriers envoyés par les chrétiens de l'intérieur pussent traverser des pays en révolte, échapper à mille dangers, et arriver au lieu qu'on leur avait désigné. Plusieurs retournèrent sur leurs pas; d'autres ne revinrent plus, et on supposa qu'ils avaient été tués par les brigands; d'autres enfin passèrent à travers tous les périls, et, parvenus au lieu indiqué, n'y trouvèrent pas M. Imbert, qui avait cherché, de son côté, et trouvé le moyen de pénétrer dans l'empire, et qui se présenta à son évêque, au moment où on ne l'attendait pas.

« Dieu soit béni! s'écria Mgr Perrocheau, coadju-
« teur de Mgr Fontana, vicaire apostolique, Dieu

« soit béni! M. Imbert est enfin arrivé en mars 1825.
« Sa santé s'est fortifiée, il parle assez bien le chi-
« nois, il va commencer à exercer son zèle. »

Disons en quelques mots l'état de cette mission,
objet de tous ses vœux depuis cinq ans ; dans laquelle
il n'a travaillé que quelques années, mais où il a
laissé des souvenirs impérissables de son zèle.

Le Su-Tchuen est une des plus grandes provinces
de la Chine, située à l'ouest de l'empire, d'une population de plus de 30 millions d'habitants. Cette mission est dirigée par les prêtres du Séminaire des Missions étrangères, de Paris. Elle avait éprouvé une
violente persécution, en 1815, sous l'empereur Kia-
King. Mgr Dufreisse, évêque de Tabraca, exerçait
son zèle dans ce pays depuis près de quarante ans.
Dans cet espace de temps, il avait vu croître considé-
blement son troupeau. La mission ne comprenait que
7,000 chrétiens en 1777 ; elle en comptait bien 50,000
en 1815. Il avait essuyé bien des persécutions. Déjà,
en 1785, il s'était livré lui-même aux persécuteurs,
pour empêcher que les recherches qu'on faisait pour
le prendre ne fissent découvrir quelques autres missionnaires qui n'étaient pas nommément dénoncés.
Conduit à Pékin, on l'avait mis en liberté après huit
jours de prison, et reconduit à Canton, afin qu'il revînt
en Europe, avec défense de rentrer dans le Céleste
Empire, sous peine de mort. Quelle menace pour des
hommes qui ne connaissent pas de plus grand bonheur, de plus sublime gloire que de mourir pour Jésus-

2

Christ! Pour un homme qui, à son arrivée en Chine, avait écrit à Paris : « Endurer les persécutions, les « tourments et la mort pour le nom de J.-C. et la « gloire de la religion, serait sans doute le plus grand « bonheur qui pourrait m'arriver ici-bas, et la plus « grande grâce que Dieu pourrait me faire : mais je « n'ose y aspirer, parce que je sais bien que mes pé-« chés et mes faiblesses m'en rendent indigne. » Il trouva le moyen de rentrer dans sa mission, où il fut sacré évêque par Mgr Pothier, en 1800, et exerça paisiblement ses fonctions jusqu'en 1814. Alors, une persécution plus violente que les autres le força à se cacher ; mais ayant été découvert et dénoncé, il fut arrêté et condamné à mort par le vice-roi, qui le fit exécuter le même jour, 14 septembre 1815, sans attendre l'autorisation de l'empereur. Dans cette persécution, le séminaire qu'il avait fondé fut livré aux flammes, plusieurs chrétiens furent immolés, les collaborateurs du saint évêque réduits à moins d'un tiers. C'étaient Mgr Fontana, son coadjuteur, un prêtre européen, M. Escodéca, déjà fort avancé en âge, un prêtre français, M. Ravel, directeur de son séminaire, et 26 prêtres indigènes, dont cinq n'avaient plus la force d'aller visiter les fidèles.

Cependant la succession des saints évêques ne fut pas interrompue dans cette mission désolée. Mgr Fontana succéda à Mgr Dufreisse, et eut pour coadjuteur M. Perrocheau. Dans ces lieux teints du sang de leur pasteur, ils rallièrent secrètement le petit nombre des adorateurs du vrai Dieu. La persécution durait encore, quoiqu'avec moins de violence ; les lois étaient toujours menaçantes, et le nouvel empereur ne paraissait pas montrer, pour la religion chrétienne, des dispositions plus favorables que celles de Kia-King, son prédécesseur. Néanmoins ce petit troupeau était plein de confiance dans l'intercession de ses saints martyrs, et attendait le jour où l'Eglise de Chine, arrosée de tant de sang précieux, verrait relever ses ruines consolées. Pour hâter l'arrivée de ces heureux jours, outre les ferventes prières qu'ils adressaient au ciel, ils tournaient leurs regards vers la France, et sollicitaient, avec une touchante ardeur, l'envoi de nouveaux missionnaires.

DEUXIÈME PARTIE.

SES TRAVAUX.

Il y avait dix ans qu'on n'avait pas vu arriver de missionnaire européen, et cinq ans depuis qu'on attendait M. Imbert. A peine arrivé, on le chargea d'un district qui avait 80 lieues du nord au midi. « On croira sans peine, dit-il dans sa première lettre, « que je ne puis pas suffire à l'administration d'une « aussi grande paroisse. J'ai aux deux extrémités

« deux prêtres indigènes qui travaillent sous ma di-
« rection. Pendant les trois mois des grandes cha-
« leurs, employés à la culture du riz, nous inter-
« rompons la visite des chrétiens. » Pendant ce temps,
c'est-à-dire peu après son entrée en fonctions, il se
rendit auprès de son digne évêque, Mgr Fontana, chez
qui il eut la consolation de passer un mois. Cette
santé robuste, ce corps fortifié par une éducation mâle,
avait déjà éprouvé bien des atteintes. Un état habi-
tuel de faiblesse, dégénérée en maladie, le força de
passer le reste de ses vacances, au centre de ses
chrétientés, dans une famille charitable et fort pieuse.
A peine rétabli, il se prépara à descendre à 50 lieues
au sud, pour recommencer la visite de ses chrétiens.
Il n'est pas en mon pouvoir de dire ce qu'il y a de
peines et de privations de toutes sortes dans ces visites,
et ce qu'il faut de force et de courage, de patience et
de charité, en un mot de dévouement, pour soutenir
ainsi nuit et jour, au milieu de toutes sortes de périls,
cette vie sans consolation, sans plaisir, sans repos, sans
autre espoir en ce monde que celui de monter un jour
sur la croix. C'est ainsi qu'Imbert avait envisagé la
vie de missionnaire ; c'est ainsi qu'il l'embrassa et la
soutint courageusement jusqu'à la fin. Il ne trouvait à
cela rien d'étonnant, ni d'extraordinaire. Il n'en parle
presque pas dans ses lettres. La plupart sont adressées
à Givors, près de Lyon, aux deux élèves dont il avait
fait l'éducation, et roulent ordinairement sur des ma-
tières curieuses et instructives, telles que celles sur

les *puits salants* et sur les *puits à feu* , qu'on trouve au
tome 3, pages 369 et 381 des *Annales de la Propagation
de la Foi*. Les autres, pour l'instruction et l'édification
des membres de cette œuvre, traitent de particularités
intéressantes, intéressantes surtout pour ceux qui ont
eu le bonheur de le connaître, et pour ceux encore
qui penseront que ce sont les lettres d'un martyr
des plus distingués des temps modernes.

Mon intention est de ne rien perdre de ce que notre
ami Imbert a jugé à propos de nous faire savoir. En
1828, il courut de grands dangers en voyageant, et il
était fréquemment obligé de voyager, soit pour la visite
des chrétiens, soit pour entretenir la correspondance
entre les deux évêques de sa province. Il s'était élevé
depuis peu une secte de doctrinaires qui s'abstenaient
de viande, de graisse, de vin, etc. Ils formèrent des projets de révolte, se donnèrent pour empereur un tisse-
rant à qui un sorcier avait prédit un empire. Ils pro-
fitèrent du moment où une partie des troupes de la
province était allée rejoindre la grande armée en Tartarie, pour se mettre en mouvement. Il fut facile à la
police de les comprimer. Le prétendu empereur fut mis
à mort, avec ceux qu'il avait désignés pour ses principaux officiers. Les chrétiens eurent beaucoup à souffrir, à cette occasion , de la part des sectaires d'abord ,
qui voulaient les forcer de se mettre dans leurs rangs
en abandonnant leur religion , et ensuite de la part des
mandarins, qui en firent arrêter un grand nombre
comme complices des sectaires. Quelques-uns apos-

tasièrent lâchement, et donnèrent beaucoup d'argent pour obtenir leur liberté ; ceux qui furent fermes, se déclarant chrétiens et non sectaires, ne furent pas même mis en jugement, et renvoyés libres.

« En général, les mandarins semblent craindre « d'avoir affaire avec ceux qui professent la religion « chrétienne. Les grands persécuteurs, depuis 1815, « sont morts pour la plupart, ou ont éprouvé de grands « revers, ce qui épouvante les autres. Mais, le croi- « rait-on, dit M. Imbert, si nous vivons en paix de la « part des païens, nous ne sommes pas sans sollici- « tude de la part des chrétiens apostats, qui se con- « vertissent bien difficilement, et qui nous livrent « quelquefois, sinon aux mandarins, du moins à leurs « satellites, pour extorquer de l'argent. Dans ces vicis- « situdes continuelles, nous vivons au jour la journée, « sous la protection de la divine Providence. Heu- « reux si nous pouvons, après plusieurs années de « travaux, recevoir la couronne du martyre ! »

Combien d'autres missionnaires ont exprimé le même souhait ! Tous n'ont pas été exaucés. Notre ami s'en croyait indigne, autant que le vénérable Dufreisse qui n'osait pas l'espérer. Comme lui, il a passé par la grande tribulation, il a lavé sa robe et l'a blanchie dans le sang de l'Agneau ; son front a été ceint d'une semblable couronne, et, pour notre consolation et la gloire de notre Provence, Dieu a voulu que des preu- ves authentiques et complètes permissent au chef actuel de l'Eglise de faire pour lui ce que le saint pape

Pie VII avait tant regretté de ne pouvoir faire pour le vénérable évêque de Tabraca, faute de pareils témoignages.

« Cette même année 1828, après avoir établi la « paix dans le pays des Tartares, qui s'étaient révol- « tés, l'empereur accorda la grâce à tous les chrétiens « exilés qui étaient dans cette province, parce qu'ils « avaient été fidèles à leur patrie et à leur prince, et « n'avaient pas pris part à la révolte. En effet, les « chrétiens avaient mieux aimé souffrir la mort que « d'embrasser la religion de ces sectaires, en prenant « part à leur révolte. Ce n'était qu'à ces deux con- « ditions qu'ils pouvaient sauver leur vie dans les « pays révoltés. Dans une ville où était exilé notre « confrère M. Benoît, les chrétiens ont été plus heu- « reux ; pendant le siége, ils ont pris les armes et « combattu avec les troupes impériales contre les « rebelles, et ont sauvé la ville. Cet illustre confesseur « est revenu dans cette province avec beaucoup d'é- « clat. Tous les mandarins de la capitale, le vice-roi « lui-même, ont vu ses lettres de grâce et de route, « et l'ont laissé libre. »

M. Imbert était sorti de France avec une collection d'auteurs latins. Au milieu de ses courses à travers son immense paroisse, comme il l'appelait, aidé seulement de deux prêtres indigènes, il mûrissait son projet, et le subordonnant à la nécessité du moment, il cherchait le moyen de faire quelque chose de durable pour le bien de ces chrétientés éloignées, en fondant un séminaire pour la formation d'un clergé indigène. En 1815, le Collége du Su-Tchuen avait été brûlé; il n'était pas sûr de le relever, ni d'en bâtir un autre dans les mêmes contrées. Le Collége de Pulo-Pinang était trop éloigné, et le voyage trop périlleux. Ce fut sans doute lui qui suggéra aux vénérables évêques, le vicaire apostolique et son coadjuteur, de porter les yeux sur une contrée plus sûre, et pour cela plus éloignée. Imbert, homme d'entreprise, le plus chinois et le plus coureur de tous (comme il le dit lui-même), fut envoyé à l'ouest à la recherche d'un pays propice et d'un peuple plus hospitalier. Il s'avança, à travers des montagnes escarpées, vers le centre de l'Asie, dans le pays des Syfans, peuple sauvage, mais de mœurs assez douces, chez qui, pendant les persé-cutions de la Chine, quelques pauvres familles chré-tiennes s'étaient retirées et vivaient tranquilles. C'est le pays connu sous le nom de Thibet, auquel divers missionnaires étaient parvenus par les Etats du Grand-Mogol, aux 17e et 18e siècles; ils avaient été bien reçus par le Grand-Lama, qui fit élever une église à la Sainte-Vierge, sous le nom de l'Annonciation.

Ces pauvres gens suivent la religion du lamasisme; ils n'ont pas de bonzes, mais une grande lamaserie ou couvent, dans lequel environ cent lamas, entretenus aux frais de la principauté, font le service de leur dieu, chantant des prières en chœur, tantôt debout, tantôt assis dans des stalles de bois, comme dans nos cathédrales.

Dans la partie orientale du pays des Syfans, M. Imbert trouva, dans la principauté de Mo-Ping, ce qu'il désirait : un petit pays d'environ 30 lieues de diamètre, dépendant de l'empire chinois, auquel le prince fournit un contingent de 850 soldats. Les habitants sont d'un naturel doux et bien meilleur que celui des Chinois. Il loua un terrain, y fit construire une grande maison en planches, et, en janvier 1831, il y reçut une douzaine d'écoliers, venus du Su-Tchuen, où ils avaient appris les premiers éléments du latin, dans un collége dirigé par un prêtre chinois, à qui il était plus facile d'échapper aux dangers.

C'est donc de 1831 que date le grand Séminaire de Mo-Ping, fondé au Bas-Thibet par notre vénéré compatriote, pour y perfectionner les élèves dans les hautes classes de latinité, et leur enseigner ensuite la théologie. Il paraît, d'après les lettres des missionnaires, que cette maison jouit encore d'un grande tranquillité. En juillet 1833, M. Imbert écrivait à ses amis de Givors, au sujet de sa fondation :

« J'ai trouvé, dans une vieille carte de Chine, que
« nous étions à peu près au 119 ° 45 ' de longitude
« du méridien de l'île de Fer, et à 30 ° 25 ' de latitude.
« Quoique cette latitude ne soit pas fort haute, c'est
« la latitude de notre Algérie, il y fait aussi froid qu'à
« Paris, ou du moins le froid y est aussi sensible. Les
« montagnes qui nous entourent sont couvertes d'une
« neige qui ne fond pas même en juillet ; de plus, il
« y en tombe presque toutes les nuits en août, et, ce

« qui est bien étonnant, il n'y en tombe plus en dé-
« cembre et en janvier. De ces hautes montagnes, il
« sort un fort torrent, sur le bord duquel nous nous
« sommes établis. Ce torrent, réuni à d'autres et sur-
« tout au fleuve Tong-Fro, forme un des quatre
« grands fleuves, qui vont arroser la province du
« Su-Tchuen (1).

« Notre maison est en bois, selon l'usage du pays,
« mais grande et belle; elle nous a coûté 300 piastres,
« et le terrain, que nous avons loué pour dix ans, nous
« en a coûté 15. Au bout de ce temps, il faudra 15
« autres piastres pour renouveler le bail, ou décam-
« per. Il est probable que le bail sera renouvelé.
« Nous pourrons récolter de 20 à 30 hectolitres de
« maïs. Il est si difficile de se procurer du riz! Il faut
« aller le chercher à trois journées de chemin, à tra-
« vers trois grandes montagnes, et le faire apporter à
« dos d'hommes; aussi il n'est guère possible de s'en
« fournir une quantité suffisante sans faire sensation.
« Heureusement que mes chers écoliers ont consenti
« à suivre mon exemple, et à manger principalement
« du fruit de maïs, qui abonde en ces montagnes. Le
« blé y réussit aussi. Ce pays est un peu plus froid
« que ma Provence, la récolte s'y fait un demi-mois
« plus tard, ce qui me fait espérer que nous pourrons
« y faire du vin. J'ai planté, le 21 mars de cette an-
« née, 150 pieds de vignes, qui ont tous bien pris.
« Nous verrons, dans trois ou quatre ans. Si nous

(1) Su-Tchuen veut dire les quatre fleuves.

« pouvions nous passer du vin d'Europe (pour célé-
« brer le saint sacrifice), quelle épargne pour notre
« bourse, et quel allégement pous nos courriers! »

Voilà donc notre pieux et zélé compatriote parvenu,
après dix ans d'études préparatoires en France et dix
ans de courses apostoliques, le voilà, missionnaire
exercé dans les travaux et les privations, éprouvé par
la maladie et la persécution, parvenu, dis-je, à fon-
der un séminaire chinois, à une certaine distance de la
Chine, à l'abri de ses persécutions. Ce ne sera pas pour
longtemps sans doute; car cet ardent missionnaire,
toujours frappé de cette parole : *Qui veut aller sauver
des âmes?* et toujours enflammé à cet appel, Imbert a
aperçu, à l'extrémité orientale de la Chine, une mission abandonnée, un troupeau sans pasteur, une
Eglise fondée sans le secours d'aucun prêtre, se sou-
tenant au milieu de cruelles persécutions, et donnant
au monde le spectacle d'une foi et d'un courage dignes
des premiers siècles; et il écrit à ses supérieurs que
s'ils daignent accepter la mission de Corée, il est prêt
à voler au bout du monde, et termine sa lettre par
cette double exclamation : *Fiat, fiat!*

Le projet de ses supérieurs était, en effet, de ne le
laisser que quelques années au Séminaire de Mo-
Ping, pour le bien établir, et de le remplacer ensuite
par quelque nouveau confrère, pour lui faire re-
prendre ses courses. En attendant les ordres de ses
supérieurs, M. Imbert, tout entier à son œuvre de
Mo-Ping, dont il cherchait à assurer l'avenir, veut

bien donner quelques instants à ses amis d'Europe, en
leur faisant part de certaines particularités qui ne sont
pas sans intérêt pour nous dans les circonstances pré-
sentes, où tous les regards se tournent vers les pays
d'Orient.

« Les indigènes de ce pays sont plus forts de corps
« et plus braves que les Chinois. Ils ont de gros fusils
« de munition, et s'en servent avec adresse et bra-
« voure à la guerre. Il y a deux ans, il y eut une pe-
« tite révolte dans les montagnes voisines : le man-
« darin ne pouvant en venir à bout, demanda quel-
« ques centaines de fusiliers au prince de Mo-Ping.
« Le mandarin chinois leur recommande de ne pas
« tirer de manière à tuer les rebelles, mais de les
« prendre vifs, pour leur faire leur procès. Nos indi-
« gènes répondent : Vous plaît-il que nous leur cas-
« sions l'os de la jambe ? —Oui, dit le mandarin. Le
« combat est livré ; les rebelles prennent la fuite ; 18
« restent sur place, ayant tous l'os de la jambe cassé,
« sans autres blessures. Cette année, il y a eu une
« révolte assez sérieuse dans les montagnes du Sud-
« Ouest. Les barbares appelés Lolo ont tué beaucoup
« de Chinois. Les mandarins s'y sont portés en foule,
« à la suite du généralissime des troupes de la pro-
« vince. Ils avaient tous grand peur d'en venir aux
« mains. Un seigneur d'une vallée de cette princi-
« pauté y a mené deux cents soldats, livré bataille
« et remporté une victoire complète ; seulement, il a
« laissé plus de la moitié de ses soldats sur le champ

« de bataille. Les soldats chinois se moquent d'eux
« parce qu'ils soutiennent le feu, au lieu qu'eux
« tirent leur coup de fusil du plus loin qu'ils peuvent,
« et prennent aussitôt la fuite. »

Voilà ce peuple si fier, si dur pour nos missionnaires : que va-t-il faire devant les soldats français?

Cependant, la mission de Corée fut acceptée par le
Séminaire des Missions étrangères, et Mgr Brughière,
évêque de Capse, accompagné de MM. Maubant et
Chastan, missionnaires français, s'avança en toute
hâte vers ce pays, où nul Européen n'avait encore
abordé, par une route longue et périlleuse. La Corée
est séparée de la Chine par une chaîne de montagnes
couvertes de neige, qu'on appelle pour cela les *Montagnes blanches*. Du pied de ces montagnes à la mer
Jaune, s'étend un désert qui a vingt lieues de long
sur douze de large. Ce désert est borné au levant par
un grand fleuve, qui se partage en trois branches
avant de se jeter dans la mer ; à chacune de ces branches se trouve une douane très-rigoureuse, la dernière
surtout, placée à l'entrée de la Corée. Au couchant
de ce désert se trouve la Mantchourie, province très-
étendue, qui borne au nord l'empire chinois, et
s'étend depuis la grande muraille jusqu'aux froides
régions de la zône glaciale.

Au 6 juin 1834, ces apôtres intrépides, après avoir
traversé toute la Chine, étaient arrivés aux confins
de la Mantchourie ; un prêtre chinois avait été envoyé
en avant pour préparer les voies, et devait être déjà

arrivé à sa destination. Cependant un contretemps
imprévu vint rompre les mesures de Mgr Brughière,
qui fut obligé de changer son plan de route. Son fidèle
Joseph, élève chinois, se dévoua pour explorer une
autre route, à travers les montagnes et les déserts,
au risque d'être dévoré par les bêtes féroces ou assas-
siné par les voleurs.

« Le voyage qu'avait à faire cet élève chinois est
« de 450 lieues. Je voulais, dit Mgr de Capse, lui
« donner des guides ; personne n'a voulu le suivre ; il
« est parti seul, n'ayant pour conducteur et pour guide
« que celui pour l'amour duquel il entreprend ce voya-
« ge périlleux. Reviendra-t-il ? Pourra-t-il seulement
« revenir ? Dieu seul le sait. J'admire le zèle et le
« courage de ce jeune homme ; il se sacrifie pour
« nous et pour les Coréens ; depuis 18 mois il est tou-
« jours en voyage ; tantôt à pied, tantôt sur une
« mauvaise monture. Dans peu, il aura fait plus de
« chemin qu'il n'y en a de Pékin à Paris. Il ne craint
« ni la fatigue ni les dangers, quoiqu'il soit habituel-
« lement malade, et attaqué même de pulmonie.

« Nous sommes quatre missionnaires en route pour
« la Corée : un prêtre chinois qui est sans doute déjà
« arrivé, M. Maubant du diocèse de Bayeux, M. Chas-
« tan, de Digne, et moi ; M. Maubant est à Pékin, M.
« Chastan, à Nankin, et moi, du côté de la Tartarie
« orientale ; c'est à peu près comme si l'un de nous
« était à Paris, le second à Rome, et le troisième à
« Moscou. Je suis continuellement occupé à chercher

« les moyens de pénétrer en Corée. Malheureusement
« il se trouve, entre nous et la Corée, une province
« qui n'est pas d'un accès facile ; il y a des chrétiens,
« mais ils ont une peur étrange des Européens ; ils
« craignent que notre présence n'excite une persé-
« cution. Leurs craintes ne sont pas sans fondement.»
Six mois plus tard, en septembre 1834, Mgr Brughière n'était pas plus avancé. « M. Chastan a été jus-
« qu'aux frontières de Corée ; mais n'ayant trouvé
« personne pour l'introduire, il est revenu en Chine,
« où il attend une meilleure occasion. M. Maubant a
« été obligé de quitter Pékin ; un prêtre chinois de la
« congrégation des Lazaristes l'a reçu chez lui ; dans
« deux jours je me mettrai en route pour aller le re-
« joindre. Mon élève Joseph, que j'avais envoyé pour
« chercher une route par la Tartarie orientale, est
« arrivé ici le 8 septembre ; c'est pour aller et reve-
« nir un voyage de plus de 900 lieues. Il a couru de
« grands dangers, mais le bon Dieu l'en a délivré ;
« il a fait cette route presque toujours à pied. »
Enfin, Mgr Brughière conçut quelque espoir d'entrer en Corée. Moyennant 500 taels (3,750 francs),
il trouva des guides pour se faire introduire, et écrivit au procureur des Missions étrangères à Macao :
« Quand vous saurez que je suis entré, appelez aus-
« sitôt M. Imbert ; il nous faut un missionnaire de
« cette trempe... Mais quand est-ce que vous rece-
« vrez cette heureuse nouvelle? » Cette espérance
du saint prélat ne se réalisa pas pour lui. Il était déjà

bien affaibli par les privations, les fatigues et les peines de tout genre qu'il avait essuyées, sous le climat brûlant de l'Inde et en parcourant le vaste empire de la Chine. Il ne diminuait rien de ses jeûnes rigoureux et des prières qu'il récitait tous les jours pour le succès de sa mission et pour les charitables associés à l'œuvre de la Propagation de la Foi ; aussi le vénérable prélat sentit aggraver ses maux de tête et ses autres infirmités sous le climat glacé de la Tartarie.

A l'époque du mois d'octobre 1835, son estomac ne pouvant plus digérer aucune nourriture, il se sentit tout-à-coup saisi d'une vive douleur, et n'eut que le temps de recevoir l'extrême-onction, des mains d'un prêtre chinois qui l'accompagnait, et qui lui appliqua aussi l'indulgence plénière, après quoi il rendit sa belle âme à Dieu, à peu de distance des frontières de Corée, comme Moïse en vue de la terre promise.

C'est le 20 octobre 1835 que mourut Mgr Brughière, au village de Pie-Liéou dans la Mongolie. Peu de jours après, M. Maubant arriva au même lieu, et put visiter ses dépouilles mortelles, qu'on n'avait pas encore inhumées. Il célébra un service pour le repos de son âme, avec toute la solennité possible, en présence de tous les chrétiens du village et des environs ; ce qu'il fit sans crainte, car Mgr Brughière, peu de jours avant sa mort, écrivait au procureur des Missions étrangères, qu'il était plus en sûreté à Pie-Liéou que lui-même à Macao.

Après avoir rempli ce pieux devoir, M. Maubant se

disposa à profiter pour lui des moyens que Mgr Brughière avait préparés pour s'introduire en Corée. Il y arriva heureusement dans le courant de janvier de l'année suivante 1836. M. Chastan y était entré le 2 du même mois.

Dès que la mort de Mgr de Capse fut connue à Rome, Imbert fut nommé pour le remplacer, mais il ne put recevoir ses bulles qu'au 17 août de l'année suivante 1837, vingt-un mois après la mort de Mgr de Capse, dont le titre lui fut conféré ainsi que la destination. On peut bien croire qu'il n'hésita pas à se mettre en route.

Il partit tout de suite, franchit en très-peu de temps toute la Chine, accoutumé qu'il était à ces longs voyages, et arriva heureusement à sa nouvelle mission, le 17 décembre de cette même année 1837. C'est un intervalle de deux ans où, en racontant les premiers travaux de MM. Maubant et Chastan, nous ferons connaître l'état de cette mission, à l'arrivée de notre cher compatriote.

Ecoutons d'abord le récit de l'entrée de M. Maubant, fait par lui-même : « Le 12 janvier vers minuit, pour-« suivant ma course, j'arrivai à Pien-Men, d'où je « devais passer, me disait-on, par trois douanes : la « première à Pien-Men et les deux autres aux confins « de la Corée ; on m'avait bien indiqué ce que j'avais « à faire pour les passer, mais ma confiance était en « Dieu et en la très-sainte Vierge Marie, dont la pro-« tection se manifesta bientôt. Nous franchîmes heu-

3

« reusement le premier poste ; nous traversâmes
« ensuite les plaines et les forêts désertes qui ser-
« vent comme de bornes à la Manchourie et à la
« Corée. Elles comprennent un espace de 12 lieues
« de large sur 20 de long. Le côté gauche ou oriental
« est bordé par les trois branches d'un fleuve fameux,
« nommé Ya-Lo-Kiang ; la branche la plus voisine
« de la Corée est la limite de l'empire chinois. Le
« fleuve est glacé pendant trois ou quatre mois de
« l'année ; c'est la seule époque où les missionnaires
« pourront entrer dans ce pays, jusqu'à ce que nous
« ayons trouvé d'autres voies. Nous prolongeâmes
« notre marche de manière à n'arriver à la troisième
« branche du fleuve, c'est-à-dire à la douane la plus
« redoutable, que vers les 10 ou 11 heures de la nuit.

« Enfin, après avoir rencontré, non sans crainte,
« quelques bandes de marchands coréens, arrêtés sur
« la route pour prendre leur repas du soir, nous ar-
« rivâmes au passage difficile, excédés de lassitude :
« depuis minuit de la nuit précédente nous n'avions
« cessé de marcher. Alors, Pierre Som-Pey, l'un de
« mes guides, me prit sur son dos, et nous avança-
« mes à petits pas, traversant la branche du fleuve,
« jusqu'à une perche environ de la douane redoutée,
« qui est en même temps la porte d'une ville appelée
« I-Tchou. Les murs en sont baignés par les eaux, et
« donnent passage à un aqueduc non loin de ce poste.
« Au lieu de nous exposer au danger de l'inspection
« et des questions, nous enfilâmes l'aqueduc. Un de

« mes trois conducteurs était passé à une portée de
« fusil en avant, lorsqu'un chien, compagnon vigilant
« des douaniers, nous apercevant au sortir du trou,
« se prit à aboyer contre nous. C'en est fait, pensai-je
« en moi-même, saisis en flagrant délit de fraude,
« nous allons être arrêtés, questionnés, reconnus :
« que la volonté de Dieu se fasse. Cette volonté sainte
« nous fut propice ; la négligence des préposés nous
« laissa entrer dans la ville. La troisième douane, si-
« tuée à l'entrée d'une seconde enceinte, fut franchie
« de la même manière, et avec le même bonheur.
« Enfin, à quelques pas, on m'introduisit dans une
« sorte de hutte qui avait la forme d'un grand four de
« boulanger. Trois chrétiens étaient venus aupara-
« vant la disposer pour Mgr de Capse. Nous dévo-
« râmes une misérable collation de navets crus et de
« riz cuit à l'eau ; et nous nous étendîmes, au nom-
« bre de six, dans cette étroite demeure pour y passer
« le reste de la nuit. Deux ou trois heures après, il
« fallut prendre un second repas, semblable au pre-
« mier, et nous remettre en route une heure avant
« le jour.

« Je repartis donc, toujours à pied. A 3 ou 4 heures
« d'I-Tchou, je trouvai deux autres chrétiens avec
« deux chevaux. Dès lors, je continuai le voyage or-
« dinairement à cheval. Deux jours avant d'arriver à
« Han-Yang, capitale de Corée, je rencontrai cinq
« chrétiens que le prêtre chinois M. Yn avait envoyés
« au devant de moi pour me faciliter l'entrée de cette

« ville. Avec leur secours, je me suis rendu fort heu-
« reusement dans cette cité, où depuis si longtemps
« m'avaient précédé mes désirs, et où je reçus un cor-
« dial accueil du petit nombre de fidèles qui m'atten-
« daient avec le prêtre chinois dont je viens de
« parler. »

M. Chastan avait eu moins de peine à pénétrer en
Corée. Marchant toujours pendant la nuit, il avait
évité toutes les douanes, et était parvenu plusieurs
jours avant M. Maubant, le 2 janvier 1836. Il n'en
fut pas moins plein de reconnaissance envers le Seigneur, qui lui avait accordé une faveur dont il n'avait
pas favorisé Mgr de Capse. Ses premières impressions
à son arrivée en Corée furent pénibles. « Le récit des
« tourments que l'on faisait endurer à cinq confes-
« seurs de la foi, retenus en prison, la cruauté avec
« laquelle on avait brisé les jambes et déchiré les lè-
« vres d'une pieuse veuve, qui expira à la suite de ces
« tourments, le 2 janvier, jour de mon arrivée ; l'ap-
« préhension continuelle où j'étais qu'on ne vînt se
« saisir de nous, et nous faire subir de pareils tour-
« ments, ou de plus cruels encore, me firent impres-
« sion pendant quelques jours. Je compris alors que
« le martyre, considéré dans l'oraison à quelques
« mille lieues du péril, ou bien dans le lieu même et
« à la veille du jour où on peut le subir, produit un
« effet bien différent. Mais si les forces de la nature
« ne sont pas toujours égales, la grâce de Dieu qui
« nous soutient est la même partout. »

Nous voici arrivés en Corée avec MM. Maubant et Chastan, et un prêtre chinois. A peine arrivés dans une mission aussi peu connue, aussi désolée, les pieux missionnaires se mirent à l'étude pour connaître les besoins du troupeau qu'ils avaient à conduire. Le christianisme avait fait bien des progrès en Corée, sur la fin du siècle dernier ; mais les persécutions avaient réduit les fidèles à un bien petit nombre, et ce petit nombre, dispersé de tout côté, était réduit à une extrême misère. Cependant M. Maubant trouva qu'il pouvait y avoir encore environ 6,000 chrétiens. Le nombre ne pouvait être bien exact à ses yeux, car les pauvres enfants de l'Eglise coréenne n'avaient pas de demeure fixe, moins encore de domicile connu.

« Ils vivent, dit-il, ignorés des païens qui les en- « vironnent et qui, s'ils découvrent leur religion, les « chassent comme des lépreux, les accablent de vexa- « tions, ou bien, les dénonçant aux mandarins, leur « attirent des châtiments sévères : les verges, la pri- « son, l'exil, et quelquefois le dernier supplice. « Pour obvier aux dangers où ils se trouvent lors- « qu'ils sont connus des païens, ils vendent promp- « tement leurs domaines, ou les abandonnent faute « d'acheteurs, et fuient, comme des essaims d'a- « beilles, dans des lieux déserts, sur les montagnes « ou dans les forêts, qu'ils croient pouvoir habiter « sans crainte. » Pour y conserver le trésor de la foi ! Précieux dévouement ! Honorable pauvreté !

« Cette année, plusieurs sont morts de faim, dit de

« son côté M. Chastan. Mon confrère et moi nous
« avons trouvé un grand nombre de familles réduites,
« à la plus douloureuse extrémité. Nous leur avons
« fait distribuer quelque argent , ainsi qu'à 14 con-
« fesseurs de la foi, qu'on retient dans quatre prisons
« différentes. Il ne nous reste plus que 150 taëls ou
« pièces de 7 fr. 50 , que nous conservons pour l'in-
« troduction de Mgr l'évêque , ou du confrère que
« nous espérons recevoir cette année. S'il nous arrive
« quelque argent, nous pourrons soutenir notre mo-
« deste existence ; sinon , nous vivrons d'herbes et de
« racines, comme nos pauvres chrétiens.

« Quoique je ne connaisse pas encore la langue
« coréenne, cependant les chrétiens de douze villages
« me pressent d'aller les visiter, pour leur conférer
« le sacrement de pénitence. Ceux qui connaissent
« les caractères chinois écrivent leurs confessions ,
« ceux qui ne les connaissent pas veulent absolument
« se confesser par interprètes.

Aussi M. Maubant se hâta-t-il , dès qu'il se fut mis
au courant des affaires de la mission , de se livrer à
l'étude de la langue du pays, et pour cela , se retira
quelque temps à la campagne. « Pour moi, continue
« M. Chastan, j'acceptai une petite cellule que m'of-
« frit mon catéchiste, dans son humble maison , et je
« consacrai deux mois aux premiers éléments de la
« langue , après quoi je fis un essai en entendant une
« centaine de confessions en ville ; je me rendis aussi-
« tôt auprès de mon cher confrère, avec qui je célé-

« brai la fête de Pâques. Puis nous dûmes nous sé-
« parer, l'un se dirigeant vers le nord, l'autre vers
« l'est, pour commencer une administration qui n'a
« été interrompue que vers la fin de juillet. Elle a été
« très-pénible, soit à cause de la longueur et de la
« difficulté des chemins, de l'empressement des chré-
« tiens à venir demander en foule les sacrements, et
« de leur inexpérience à préparer ces longues confes-
« sions de 20, 30 ou 40 ans; soit à raison de l'insa-
« lubrité des misérables chaumières qu'on travestit en
« chapelles à l'arrivée des missionnaires ; soit enfin
« par la crainte continuelle que les réunions journa-
« lières des chrétiens ne donnassent des soupçons aux
« païens voisins, et que ceux-ci n'allassent en faire
« part aux magistrats. M. Maubant, déjà affaibli par les
« travaux excessifs de l'année précédente, a contracté
« une maladie dangereuse, à la suite de ceux de cette
« année. Vers la mi-juillet, désirant continuer l'ad-
« ministration spirituelle du pays, il se rendit dans
« la partie méridionale. A peine arrivé, il fut pris
« d'un mal si violent que l'on trembla pour ses jours.
« Le mal s'étant un peu ralenti, le malade se hâta de
« retourner à la ville capitale. Je m'y transportai sur-
« le-champ. Les médecins, ne connaissant point la
« maladie, l'aggravaient peut-être par leurs traite-
« ments. Il fallut donner l'extrême-onction à mon
« confrère ; depuis, la fièvre diminua insensiblement ;
« elle a même cessé deux fois, mais elle est revenue
« quelques jours après. Maintenant, il n'en reste plus

« qu'un petit accès chaque jour ; grâces à Dieu, le
« péril est passé, les forces même sont revenues. »

Où était Imbert à ce moment ? A peine eut-il reçu
ses bulles et l'imposition des mains de son évêque,
sans différer il se mit en route. Son *fiat* est exaucé,
la charité le presse, ses confrères l'attendent. Parti du
Su-Tchuen le 27 août 1837, il arriva en moins de
trois mois, en 82 jours, entremêlés de 38 journées de
retard, que la nécessité exigea ; c'est lui-même qui
en a fait le compte : donc 44 journées de marche pour
environ 500 lieues.

Arrivé à Si-Van en Tartarie, il séjourna 15 jours
dans le Collége des Lazaristes français, la même
maison qui, deux ans auparavant, avait donné l'hospitalité à Mgr Brughière et à M. Maubant. Un de ces
pères, M. Mouly, écrivant à son supérieur à Paris,
se félicite du bonheur qu'il a éprouvé en hébergeant
ces zélés missionnaires ; « d'autant plus, dit-il, que
« c'est un père Lazariste, M. Raux, qui baptisa le
« premier chrétien de Corée, lequel prêcha ensuite
« l'Evangile dans sa patrie, où il eut des succès pro-
« digieux. »

Si-Van se trouve à la hauteur de 40 degrés de latitude nord, par 95 de longitude de Paris ; à une quin-
zaine de lieues au nord de la grande muraille. Après
15 jours de repos, Imbert continua sa route ; c'est lui
qui va nous en faire la narration :

« La neige étant tombée après la fête de la Tous-
« saint, fit juger que la voie du désert serait trop

« dangereuse et trop froide, qu'ainsi il serait mieux
« de rentrer en Chine pour suivre la route impériale
« de Pékin à Mouk-Den, par laquelle on abrégeait le
« voyage de trois ou quatre journées de marche. Je
« pris ce dernier parti, comme plus expédient. J'avais
« pour 30 taëls, fait acheter trois forts chevaux tar-
« tares, qui ne sont ni beaux, ni lestes, mais sûrs et
« supportant la fatigue. Montés de la sorte, nous
« partîmes, le 13 novembre, de grand matin. Vers
« trois heures, nous franchîmes de nouveau la grande
« muraille, à un fort petit poste d'une route détour-
« née, où ne se tenaient que deux soldats, et le soir,
« nous couchâmes dans une ville chinoise, chez des
« chrétiens. Le 17, nous passâmes la seconde en-
« ceinte de la grande muraille, et nous dûmes nous
« engager dans le défilé qui conduit à Pékin. L'ou-
« verture méridionale n'est qu'à 10 lieues de cette ca-
« pitale. Dans ce défilé, de cinq lieues de long, gorge
« affreuse et presque impraticable à cause des pierres
« dont elle est obstruée, se trouvent trois fortes et
« strictes douanes. Pour éviter tout entretien avec
« les préposés de ces postes, nous ne descendîmes pas
« de nos chevaux ; c'est le privilége des mandarins et
« des officiers publics. Nous avions des bonnets en
« poils de renard, comme en portent les officiers tar-
« tares, ma barbe et ma prestance achevèrent la
« parodie ; cet expédient nous réussit, et l'on se garda
« bien de nous interroger.

« J'admirai, dans ce défilé, l'ouvrage de l'empereur

« Tsin-Chi-Hoâng, qui, 250 ans environ avant N. S.
« J.-C., voulut fortifier les avenues de la capitale
« contre les incursions des Tartares. Quoique le temps
« et les eaux qui coulent dans ce défilé aient porté
« le ravage partout, il reste encore de magnifiques
« ruines. Nous avons passé 12 portes, et autant de
« gros remparts qui formaient six forts. J'ai remarqué
« surtout une superbe voûte de marbre hexagone,
« très-heureusement conservée ; les pierres en sont
« fort grosses. Comment, à une époque aussi reculée,
« les Chinois construisirent-ils ce morceau, qui au-
« jourd'hui ferait honneur à un excellent architecte ?

« Le 18 au soir, nous rejoignîmes la route impériale
« de Mouk-Den ; nous n'étions alors qu'à 8 lieues N.-E·
« de Pékin. Vous dire la quantité de chameaux que
« nous rencontrâmes les trois derniers jours, serait
« chose impossible. Ils portaient des marchandises
« pour la Tartarie, et probablement pour la Russie.
« Les conducteurs, nous prenant pour des officiers
« tartares, nous saluaient avec affection, et nous de
« leur répondre de même : *Mon-kou*, portez-vous bien
« ou bon voyage. Comme nous côtoyions les monta-
« gnes, à la distance d'une lieue environ, nous avons
« vu de loin les monuments des sépultures des empe-
« reurs de la dynastie Ming précédente, et, de dis-
« tance en distance, les palais caravansérails où loge
« le prince quand il voyage en ces contrées ; car Sa
« Majesté Céleste aurait peur de loger dans la préfec-
« ture d'une ville de province, comme font nos princes

« d'Europe. Elle repose en rase campagne, entourée
« de sa garde, qui dresse ses tentes à l'entour de
« l'auguste pavillon. L'empereur ne va pas non plus
« en voiture ; mais il est porté dans une élégante
« chambrette, suspendue sur le dos d'un énorme
« éléphant.

« Le 25, nous passâmes la douane de N.-O. Depuis
« le pied de la montagne, jusque bien avant dans la
« mer, s'étend la grande muraille. Ce passage m'em-
« barrassa et m'inquiéta beaucoup. Passer à cheval,
« comme officier public, ce n'était pas le cas ; car tout
« mandarin, fût-il vice-roi, est obligé de descendre,
« et de faire, à deux genoux, plusieurs prostrations
« devant le chiffre de l'empereur gravé sur la porte.
« Le peuple est exempt de cette cérémonie ; mais il
« faut comparaître un à un devant l'officier du poste
« et ses deux assesseurs, et là, à genoux, répondre
« à leurs questions. Quoique parlant le chinois, j'ai
« contracté l'accent du Su-Tchuen ; les interrogations
« pouvaient devenir embarrassantes ; et d'ailleurs,
« un Européen, un Evêque ne saurait s'agenouiller
« devant les misérables satellites d'un despote idolâ-
« tre. D'un commun avis, je fis chercher un contre-
« bandier païen, habile et courageux ; pour 10 fr.,
« il me guida, à la faveur de la nuit, du froid et de
« la neige, qui, tombant fort à propos, retenait doua-
« niers et soldats dans leurs postes, autour de leurs
« feux. Il me fit parvenir, par des chemins détournés,
« vers un pan de rempart écroulé, et, à une heure de

« distance , nous nous arrêtâmes chez une famille
« chrétienne. Le lendemain ; mes chevaux et mes
« effets passèrent avec le même bonheur. Depuis no-
« tre sortie de ce défilé qui va à Pékin , jusqu'à notre
« sortie de Chine , nous avons parcouru une plaine
« immense et très-fertile. On me dit qu'elle s'éten-
« dait jusqu'aux provinces de Chan-Tong et de Ho-
« Nan , et qu'ainsi, plus de la moitié de la province
« de Pékin était un sol excellent, et d'une inépui-
« sable fertilité.

   « Sortis de Chine, nous avons, pendant cinq jours,
« côtoyé les bords de la mer. Ce n'étaient guère que
« des landes stériles , entrecoupées de rares monti-
« cules ; puis nous nous sommes éloignés des côtes ,
« et la plaine est devenue plus large et plus belle ,
« surtout aux environs de Mouk-Den. »

   « Arrivé à Mouk-Den , le 4 du courant, je me pro-
« pose d'en partir le 8 , jour consacré à l'Immaculée
« Conception de la Mère de Dieu , afin d'arriver à la
« frontière de Corée, dont nous ne sommes plus qu'à
« cinq journées de marche , quelques jours avant
« l'ouverture de la foire et le passage de l'ambassade
« coréenne qui ira saluer à Pékin Sa Majesté Impé-
« riale, pour la nouvelle année chinoise. J'espère , à
« la faveur de l'affluence qui existe alors à la fron-
« tière , rencontrer les Coréens chrétiens qui vien-
« dront me chercher, et , sous leur conduite , passer
« de nuit, sur la glace, le grand fleuve Ya-Lo-Kiang ,
« pour entrer ainsi dans ma mission. Cette façon de

« franchir les fleuves vous étonne peut-être ; néan-
« moins, dans ces huit jours depuis ma sortie de Chine,
« j'en ai déjà passé trois, frémissant un peu d'enten-
« dre la glace craquer sous mes pieds ; mais les lourdes
« charrettes qui pèsent quatre et cinq mille livres, et
« qui, à raison des mauvaises routes sablonneuses,
« ont jusqu'à six chevaux d'attelage, passaient de
« même, quoique le froid me parût très-modéré. Les
« Chinois, pour affermir la glace et empêcher que les
« pas n'y glissent, ont soin de la parsemer de sable
« arrosé d'eau qui se congèle et retient, par ses as-
« pérités, les pieds des chevaux et des voyageurs.
« Honneur à l'industrie chinoise ! » ′

Le 16 décembre, il parvint heureusement à Fong-
Pien-Men, frontière de la Corée, et se hâta d'écrire
à Macao : « *Benedictus Deus in donis suis, et mirabilis*
« *in omnibus operibus suis*, Béni soit Dieu dans tous ses
« dons, et gloire lui soit rendue dans toutes ses œu-
« vres. — *Deo gratias,* » avait écrit M. Maubant dans
la même circonstance. — Pauvres agneaux ! ils vont
s'exposer à la fureur des loups, et avec quelle joie !
Petit troupeau, ne craignez rien, pas un cheveu de
votre tête ne tombera sans la volonté de votre père
qui est dans les cieux.

Le soir du même jour, les Coréens vinrent au-de-
vant de leur évêque, et ils passèrent ensemble la journée du 17, dans une grande effusion de cœur. Monseigneur voulait arriver à la capitale de la Corée le 1ᵉʳ
janvier, il avait encore 13 journées de marche. « Nous

« devons partir, dit-il, la nuit prochaine, c'est-à-dire
« le 18, fête de l'Expectation de l'enfantement de
« Marie, sous la protection de la Vierge Immaculée, »
qu'il avait appris à honorer très-jeune, « et sous celle
« de la Divine Providence, » dont il avait longtemps
récité le petit office.

Il n'y avait plus que 13 jours de marche, avons-nous
dit, de la frontière à la capitale de Corée ; mais il fallait d'abord passer cette frontière, ce terrible fleuve
d'Ya-Lo-Kiang, et devant cette ombrageuse et sévère
douane d'I-Tchou. Ce passage fut aussi heureux qu'il
l'avait espéré, mais non sans peine et sans dangers.
Voyons comment notre hardi compatriote se tira de ce
pas, le plus difficile qu'il eût rencontré dans ses
voyages.

Nous savons par M. Maubant que la douane d'I-
Tchou, devant laquelle il devait passer, est placée sur
les bords du grand fleuve Ya-Lo-Kiang.

Il fallait de la prudence, de la hardiesse, du bonheur, en un mot, pour échapper à l'extrême surveil-
lance des officiers de ce poste. Rien ne manqua à celui
que Dieu protégeait. Il traversa d'abord le grand fleuve
sur la glace, pendant la nuit, avec ses guides, non
sans crainte. L'obscurité était si profonde qu'ils pouvaient à peine se diriger ; le fleuve, encore peu gelé,
menaçait de s'entrouvrir sous leurs pas ; la sentinelle
n'était pas éloignée, le plus faible bruit pouvait arriver à son oreille, et les trahir. Rien ne contraria leur
marche furtive : deux chrétiens de Corée, instruits de

son arrivée, l'attendaient dans une misérable auberge,
où il s'agissait de le dérober aux regards des gens
de la maison.

Ils étendirent une couverture, dans un coin de l'ap-
partement, pour y faire reposer l'étranger de distinc-
tion, qui se disait très-fatigué. Quand il s'y fut placé,
on étendit un voile devant sa figure, comme il est
d'usage de faire devant les personnes nobles de l'empire, et quand le repas fut prêt, on lui présenta un
peu de nourriture, qu'il refusa, quelqu'appétit qu'il
eût, en feignant de ne pouvoir l'accepter.

Après un peu de repos, il se leva, et continua sa
route, en remerciant Dieu de tout son cœur. Il pouvait bien alors, comme il l'avait fait si souvent, en-
tonner ce psaume de David : « *Nisi quia Dominus erat*
« *in nobis :* Si Dieu n'eût été avec moi, peut-être les
« eaux m'auraient englouti. *Torrentem pertransivit*
« *anima nostra :* Mon âme a traversé le torrent. *La-*
« *queus contritus est et nos liberati sumus :* On m'a tendu
« un filet, et Dieu m'en a délivré. C'est que j'ai mis
« en Dieu ma confiance, en Dieu qui a fait le ciel
« et la terre : *Adjutorium nostrum in nomine Domini,*
« *qui fecit cœlum et terram.*

Mgr Imbert arriva à Han-Yang, capitale de la Corée,
au jour prévu, le 31 décembre 1837, et il fit part de
son arrivée à ses amis, en ces termes : « Dieu soit
« béni! Qu'importent mes fatigues? Je suis au milieu
« de mes enfants, et le bonheur que j'éprouve à les
« voir me fait oublier les peines qu'il m'a fallu endurer

« pour me réunir à eux. J'ai passé le premier jour de
« de l'an 1838 sous le toit d'une famille chrétienne.
« Dès le soir de ce jour, M. Maubant, qui avait pres-
« senti le moment de mon arrivée, est venu me re-
« joindre. Nous nous sommes embrassés comme des
« frères, et je ne sais si nous eussions solennisé le
« renouvellement de l'année par des vœux plus ar-
« dents et de plus doux sentiments de bonheur, en
« France, et dans nos familles, qu'au centre de la
« Corée, et parmi des peuples inconnus. »

M. Chastan parcourait alors les provinces méridio-
nales; il ne put voir son pasteur avant le mois de mai.

Le peuple coréen, vers qui Mgr Imbert était envoyé, ne fut pas longtemps inconnu pour lui. Après
trois mois donnés à l'étude de la langue du pays, et à
la connaissance des besoins de la mission, il fut en état
d'entendre les confessions; plus de 300 chrétiens se
confessèrent à lui, en avril, avant la visite pastorale
qu'il entreprit, avec ses confrères, dans le mois de mai.
Il visita toutes les chrétientés de la Corée. Nul malheur ne lui survint dans cette intéressante course, et
il rentra dans sa résidence épiscopale le cœur plus sa-
tisfait encore qu'au moment du départ, parce qu'il
connaissait mieux son troupeau. La capitale du royaume fut pour lui le théâtre d'un très-beau ministère;
elle contenait environ 1,000 chrétiens; et, malgré ses
occupations journalières et l'administration générale
des chrétiens, qui laissaient peu de temps pour l'apostolat proprement dit, Dieu lui donna de faire d'assez

belles conquêtes, et le chiffre des adultes baptisés
s'éleva, dans les premiers six mois, à 1,994.

Après cette première tournée, il fut facile à Mgr
Imbert de nous donner de justes idées de ce pays, jusqu'alors peu connu. Je les transcrirai ici, ce sont les
paroles d'un ami, d'un compatriote, qui va bientôt
nous quitter; il nous décrit une contrée qu'il doit arroser de son sang, un pays que ses prières rendront
peut-être bientôt et catholique et français; et puis, à
mesure que nous voyons monter nos navires mena-
çants vers Pékin, par la mer Jaune, en face de la Corée, et que nous apprenons de quel effroi sont saisis
les maîtres de ce royaume, au souvenir des trois français qu'ils ont fait mourir, quel intérêt n'acquiert pas
cette relation du premier évêque de Corée!

« La Corée n'a rien de remarquable, sous le rap-
« port géographique et territorial. Sa surface est iné-
« gale et montagneuse, surtout du côté de l'est, où les
« élévations vont se perdre à des hauteurs infinies.
« Nulle plaine ne s'y déroule, tant les aspérités du
« sol sont nombreuses, et l'on ne voit, jetées entre
« les montagnes, que des gorges plus ou moins res-
« serrées. Aux penchants des hauteurs, comme dans
« le creux des vallées, la terre n'a rien de fertile;
« elle se prête cependant à la production du riz, dont
« l'habitant des vallées fait sa nourriture ordinaire;
« le millet et le maïs composent celle des habitants
« des montagnes. Le froid sévit ici plus qu'en France;
« le 24 janvier, chose inouïe jusque-là pour moi! j'ai

5

« vu le vin se glacer dans mon calice durant les saints
« mystères. Enfin, les montagnes de cette région mal-
« heureuse sont peuplées de bêtes féroces ; les tigres
« surtout y abondent, et, chaque année, mille per-
« sonnes au moins périssent broyées sous leurs dents.
« Peu nombreux et mal armés, les Coréens ont
« peine à se défendre de ces animaux terribles, aux
« belles saisons de l'année. Mais l'hiver, ils en devien-
« nent les maîtres, et leur font expier leurs ravages.
« Quand la neige est à demi gelée, assez forte pour
« résister au pied de l'homme, elle cède encore aux
« pattes du tigre, qui s'y enfonce jusqu'au ventre et
« ne peut en sortir. Les jeunes Coréens se jettent
« alors sur lui, et se font un jeu de le percer de la
« lance ou du poignard.

« Après la stérilité du sol, ce qui frappe le plus,
« c'est la rareté des habitants. Des maladies pestilen-
« tielles et des famines affreuses, qui, trop souvent,
« moissonnent la population coréenne, y ont beau-
« coup contribué ; mais la cause principale tient à des
« évènements historiques. Les Japonais d'un côté et
« les Chinois de l'autre, ont si souvent désolé ce pau-
« vre pays, aujourd'hui tributaire de ces deux em-
« pires à la fois ! Ce qu'il y a de plus triste dans ces
« servitudes, c'est que la Corée les subit sans espoir
« de les voir jamais finir : elle n'a point de force mi-
« litaire. Si, du moins, elle savait racheter son ab-
« jection sociale par la dignité religieuse, et se donner,
« dans son asservissement politique, la liberté des

« enfants de Dieu ! mais non ; ce peuple est aussi cruel
« pour nous qu'il est faible pour ses maîtres. Il se
« tait sous le joug de la Chine et du Japon qui l'écra-
« sent, et persécute les chrétiens qui ne lui font
« aucun mal.

« Hélas ! qui pourrait dépeindre le triste état de
« nos chers néophytes ! La mort et l'exil sont écrits
« dans la loi ; les satellites se contentent de vexations
« arbitraires ; ils se jettent sur les peuplades chré-
« tiennes, renversant, emportant ou brûlant tout ce
« qu'ils trouvent. Et les pauvres néophytes sont obli-
« gés, pour se soustraire aux mauvais traitements et
« à la prison, de se réfugier sur de hautes montagnes,
« ou dans des gorges reculées, où ils ne tardent pas à
« périr de misère. Chaque année, on en voit mourir
« ainsi quelques centaines faute d'aliments, malgré
« les aumônes que les missionnaires leur font par-
« venir. Heureusement la mort les trouve résignés
« à la volonté divine et munis des derniers sacre-
« ments : à ce titre, dit M. Chastan, j'espère que leur
« tristesse est maintenant changée en joie !

« Malgré tous ces malheurs, l'Eglise de Corée, qui
« ne comptait en réalité que 4,000 chrétiens en 1836,
« à l'entrée de MM. Maubant et Chastan, en comp-
« tait 9,000 au bout de trois ans d'apostolat ; ainsi ;
« en Corée comme partout, l'Eglise est un arbre qui
« se féconde sous le fer qui taille ses rameaux. Outre
« cela, nos chrétiens, maintenant mieux instruits,
« ne laissent plus périr les enfants sans baptême ;

«¯quand ils voient quelques-unes de ces pauvres pe-
« tites créatures sur le point d'expirer, ils ont presque
« toujours le bonheur de les régénérer en secret.
« Depuis quelques mois, il en ont ainsi baptisé 192 :
« quelle magnifique moisson pour le Ciel! »

Le bon pasteur connaît maintenant ses brebis, et
ses brebis ont entendu sa voix; il leur a consacré son
âme et tout son sang, et il le versera pour eux jusqu'à
la dernière goutte. Mais son cœur est vaste, la charité
l'a dilaté. Imbert, faisant le tour de la Corée, a passé
en face du Japon : que s'est-il passé dans son âme?
Alexandre, fils de Philippe, ne pouvait goûter le repos
tant qu'il ne voyait pas l'univers entier soumis à son
empire; St François-Xavier n'avait pas assez de peuples à convertir aux Indes et au Japon, il lui fallait
encore la Chine; et il mourut, comme Moïse, en con-
voitant de tout son cœur ce vaste empire, fermé aux
vaisseaux européens. Imbert a parcouru les Indes, le
Tong-King, la Chine, le Thibet et la Corée, n'est-ce
pas assez pour son zèle? Ici, certes, il y a une moisson abondante; mais il suffit d'en avoir facilité l'entrée
si redoutée jusqu'à ce jour, et il se voit arrivé aux
frontières du Japon, dont il n'est séparé que par un
bras de mer. La charité de J.-C. presse Imbert; la
pensée du Japon ne le laisse pas dormir :

« Il m'arrive souvent de tourner des regards de désir
« et presque d'espérance vers les rives du Japon. Les
« Coréens et les Japonais conservent de mutuelles re-
« lations; outre la garnison qu'ils entretiennent tou-

« jours en Corée, les Japonais occupent une île voisine
« de ce royaume. Elle se nomme Touyma ; son rayon,
« de l'est à l'ouest, est de 12 lieues, sur 30 du midi au
« nord. Là réside un gouverneur, chargé de lever sur
« la Corée l'antique et pesant impôt de 30 peaux
« d'hommes, remplacé plus tard par un tribut en ar-
« gent, riz, toile, et une plante médicinale que les
« Coréens vendent au poids de l'or. Oh! que je serais
« heureux si ces rapports, tout politiques, pouvaient
« devenir enfin religieux ! et si les Japonais, en venant
« chercher en Corée des richesses, y retrouvaient
« cette foi que proscrivirent leurs ancêtres ! » Dès sa
première visite pastorale, Imbert prend des arrange-
ments pour cela ; ce fut en contournant la partie orientale qui visage le Japon, qu'il forma ses projets.
M. Chastan, sur son conseil, délégua vers la station
des Japonais située sur la pointe méridionale de la
presqu'île, un catéchiste adroit et prudent qui s'in-
sinuât dans leur esprit, disposât leurs âmes à revenir
à la foi, et s'informât enfin s'il n'existait plus dans
leur patrie aucun débris de l'ancienne Eglise du Japon.
Il se figurait, malgré lui, quelques restes épars de ces
généreux fidèles, vivant encore dans les forêts et sur
les montagnes où se retirèrent leurs aïeux, invoquant,
dans le silence et l'obscurité de la retraite, le Dieu
qu'ils ne pouvaient plus adorer publiquement. Il s'i-
maginait les voir tendre leurs mains vers lui, et lui
demander quelques ministres de paix pour leur faire
entendre la bonne nouvelle. Il termine ainsi sa lettre

et sa prière : « Puissent les démarches que j'entre-
« prends pour eux avoir quelques succès ! Priez le
« Seigneur qu'il me donne de pouvoir faire tomber de
« nouveau la semence de sa divine parole sur cette
« terre où le christianisme compta jadis de si nom-
« breux enfants. »

Magnifiques projets ! ardentes prières ! rien ne paraît impossible au brûlant missionnaire. Imbert, Dieu
vous tiendra compte de vos pieux souhaits ; votre vie
est nécessaire à la Corée ; votre sang doit la féconder.
Vous en êtes le premier pasteur, il faut que vous en
deveniez le patron et le protecteur. Qui sait si les
princes idolâtres, coupables de votre mort, ne trem-
bleront pas un jour sur leur stupide cruauté, sur leur
imprudente férocité, quand ils verront flotter le pavillon français devant leurs côtes, et si le sacrifice de
nos généreux compatriotes ne sera pas le prix de la
délivrance de ce beau pays !

TROISIÈME PARTIE.

MARTYRE DE Mᴳᴿ IMBERT ET DE MM. MAUBANT ET CHASTAN.

J'ouvrirai cette troisième partie en transcrivant en
entier la lettre que Mgr Bonnaud, vicaire apostolique

de Pondichéry, écrivit, quatre ans après à MM. les directeurs du Séminaire des Missions étrangères, en leur envoyant les pièces officielles de ce martyre :

« Messieurs,

« Encore un triomphe pour notre bienheureuse congrégation ! encore un triomphe pour la sainte Eglise de Dieu ! Le apôtres de la Corée ont scellé de leur sang la foi qu'ils annonçaient ; des néophytes, en grand nombre, les ont imités dans cet éclatant témoignage rendu à l'Evangile. Que le Roi de gloire en soit béni !

« J'ai reçu avant-hier des lettres de la Mantchourie, qui m'annoncent d'une manière officielle, mais sans aucun détail, la persécution de 1839 en Corée, et le martyre de Mgr Imbert et de MM. Chastan et Maubant, nos vénérables confrères. Comme je sais de quelle sainte sollicitude vous êtes animés envers cette Eglise naissante, que vos aumônes ont fondée, et combien vous avez à cœur son avenir, j'ai cru répondre à votre attente en m'empressant de vous communiquer ces nouvelles, si capables d'exciter l'admiration de tout le monde, et de ranimer la foi et la charité de nos frères d'Europe.

« Les néophytes de Corée qui ont échappé au glaive du persécuteur n'ont point abandonné leur croyance : Mgr Ferréol m'écrit que, déjà trois fois, ils ont envoyé des courriers pour solliciter de nouveaux missionnaires. Aussi le prélat se disposait-il, avec M.

Maistre, à voler à leur secours ; ils n'attendaient, l'un et l'autre, que le moment favorable pour descendre dans l'arène encore rougie et fumante du sang de leurs confrères. Les trois grands sabres du premier ministre trouveront donc encore des têtes à couper, jusqu'à ce qu'ils s'émoussent, ou que Dieu les brise !

« Je vous l'avouerai, Messieurs, si j'ai été profondément affligé en apprenant les affreux ravages de la persécution, si j'ai amèrement gémi sur les misères de ce pauvre peuple, privé de ses pasteurs, mon cœur d'évêque s'est aussi senti ému d'une sainte joie ; il a tressailli d'une ineffable allégresse à la vue des triomphes annoncés dans les lettres que je vous transmets. Je ne vous parlerai pas de ces jeunes héros de 12 ans, qui ont combattu avec toute l'intrépidité de l'âge viril ; de ces vierges admirables, que le Ciel s'est plu à protéger par des prodiges, et dont le courage ne cède en rien à notre héroïque et à jamais vénérée Blandine ; de tous ces courageux athlètes choisis au milieu du troupeau naissant ; j'en viendrai à la grandeur d'âme de ce pasteur, de cet évêque digne des anciens jours, qui a eu non-seulement la générosité de se sacrifier lui-même pour ses brebis, mais de joindre encore à son holocauste celui des deux apôtres qu'il s'était chargé de guider au combat. Je me prosternerai, dans ma profonde admiration, devant son dévouement, et devant celui de ces dignes missionnaires qui ont ainsi reçu, en un jour, avec la palme du martyre, la triple couronne de la foi, de l'obéissance et de la charité ; dé-

vouement que rien dans les temps anciens ou modernes n'a jamais surpassé en héroïsme, que l'exemple
d'un Dieu se livrant lui-même pour le salut du monde
pouvait seul inspirer, et devant lequel ma misère
s'humilie et s'anéantit. Oh! pourquoi faut-il qu'une
vie d'ingratitude et d'infidélités m'ait éloigné sans espoir d'un semblable triomphe? Pourquoi faut-il renoncer à jamais à voir cette mitre, pesant fardeau
dont mon âme est parfois accablée, s'incliner un instant sous le sabre des bourreaux, pour se relever ensuite éclatante de gloire dans les splendeurs de l'éternité? O triomphe que je n'aurai point! O mort, ô
couronne glorieuse qui ne m'êtes point destinées! que
vous êtes belles et désirables! Belles de loin et de près,
belles toujours, et surtout dans le sein éternel de
Dieu!!! »

Après cette éloquente préface, il n'y a plus qu'à
raconter simplement, et en suivant le plan que le zélé
prélat vient de nous tracer, d'abord les combats des
jeunes héros des deux sexes, puis ceux des hommes et
des femmes, enfin ceux des conducteurs de ce précieux troupeau. Disons d'abord les causes de ce redoublement de persécution.

La persécution n'avait pas cessé depuis 1801 ; car
nous avons déjà vu que, le jour même de l'entrée de
M. Chastan en Corée, on fit endurer bien des tourments à cinq confesseurs, et qu'une pieuse veuve avait
expiré dans les tortures le 2 janvier 1836. Trois années de travaux avaient rendu les néophytes plus

nombreux , plus forts, partant moins timides et moins
réservés. En janvier 1839 , plusieurs familles furent
emprisonnées, elles faiblirent devant le bourreau , et
on les délivra. Imbert, qui visitait les chrétientés
voisines de la capitale, accourut, pénétré de douleur,
pour encourager les néophytes épouvantés, et les préparer au combat par la réception des sacrements. Il
commença l'administration des fidèles de la ville le
premier dimanche de Carême, poussa vigoureusement
le travail jusqu'au Jeudi-Saint. Ils étaient au nombre
de mille environ. Malgré [la précaution de ne laisser
venir les femmes que de nuit, le matin à deux heures,
et de les congédier avant le jour, deux fois les satellites s'aperçurent de ces réunions et se mirent en
faction dans la rue pour surprendre les chefs ; Imbert
s'esquivait à la faveur des ténèbres ; jamais il n'avait
éprouvé tant de fatigues. Cependant , malgré toutes
ses précautions et ses défenses formelles, l'empressement des chrétiens leur fit commettre de grandes im-
prudences : un secret est mal gardé, quand il est connu
de mille personnes ; les satellites ayant découvert les
deux maisons où les chrétiens se réunissaient , tom-
bèrent dessus à l'improviste, et emmenèrent enchaînés
les deux maîtres de maison, Augustin Ly et Damien
Nam , avec leurs familles. Ils saisirent chez ce dernier
un ornement, un bréviaire et une mitre simple , qui,
tissue et brodée en argent, leur parut, dit Mgr Imbert,
la huitième merveille du monde ; ils l'évaluèrent 500
taëls , plus de 1,200 francs. Le taël de Corée vaut
7 francs 50 centimes.

C'était le 7 avril, le soir du dimanche de Quasimodo.

Autre cause de persécution. Au nombre des prisonniers se trouvait une femme que son mari, encore catéchumène, vint réclamer ; comme on ne voulut pas la lui rendre, et qu'elle ne voulut pas apostasier, cet homme furieux dénonça tout ce qu'il connaissait de chrétiens, et donna une liste de 53 personnes : c'est là, dit Mgr Imbert, après mes péchés, la vraie cause de l'éclat que fit la persécution. Il fallut quelques jours pour opérer l'arrestation des personnes dénoncées. Dès le 15, c'est-à-dire en huit jours, les prisons se trouvèrent pleines. Alors le président du tribunal fit son rapport au ministre, et celui-ci l'adressa à la reine régente pendant la minorité du jeune roi.

Dans ce pays, comme en Chine, les juges sont dans l'usage de grossir et le nombre et les crimes des accusés, afin de donner lieu au souverain d'en rabattre plus de la moitié et de faire bénir sa clémence. Cette fois, la reine-mère, poussée par un ministre ennemi particulier des chrétiens, parce qu'il avait remplacé un autre ministre qui leur était secrètement favorable, la reine, dis-je, se prononça d'une manière plus terrible que le ministre persécuteur. Jugez de la rigueur de cette persécution. Elle lança un édit portant ce qui suit : « Si les chrétiens ont repullulé dans l'empire, « c'est parce qu'en 1801 l'extermination n'a pas été « complète ; il faut maintenant non-seulement cou-« per l'herbe, mais en arracher la racine ; il faut or-« ganiser, dans les huit provinces, la visite domici-

« liaire qui rend cinq familles responsables pour un
« seul individu. » Ce dernier ordre ne reçut, heureusement, qu'une exécution très-imparfaite. En Corée, comme en Chine, l'action de la police est tout à
fait nulle.

Cet édit étonna tout le monde, et surtout le président du tribunal, qui se vit obligé de tenir séance
chaque jour, et de juger selon toute la rigueur de la
loi. L'édit fut publié le 19 avril. Dès le 20, juges et
bourreaux se mirent à l'œuvre.

Avant cet édit, deux familles avaient été conduites
en prison. Dans celle d'Augustin Ly, nommons d'abord
sa mère; son âge lui donne droit de conduire cette
troupe intrépide sur cette liste, comme elle la condui-
sit au jour du combat. Cette femme, plus qu'octogé-
naire, fut d'abord mise en liberté, avec un de ses
petits-fils, âgé de huit ans. Mais cette généreuse femme
eut encore assez de force pour déclarer qu'elle voulait
rester avec ses enfants; on le lui permit d'abord, mais
au 20 avril, l'affaire devenant terrible, et une sentence de mort étant imminente, elle fut renvoyée sans
torture et sans apostasie par respect pour son grand
âge.

Damien Nam avait un fils de 12 ans, Augustin Ly
en avait un du même âge et une fille de 15 ans. Ils
comparurent, le 9 avril, devant le mandarin, et tous
trois transformés en héros par la grâce, demeurèrent
inébranlables; ni les caresses, ni les menaces, ni les
cruels supplices, rien ne put les faire apostasier. On

les envoya donc à la grande prison. Le 11, Madeleine Ly, avec sa sœur, sa mère, sa nièce, et deux autres jeunes vierges, électrisées par l'héroïsme de ces enfants, allèrent se présenter au juge en qualité de chrétiennes, et déclarèrent hautement qu'elles voulaient mourir pour leur religion. Le mandarin leur refusa des fers, et, par deux fois, les fit chasser de sa présence. Alors elles se rendirent à la maison de Damien Nam, qui était devenue un poste de satellites, elles s'y firent arrêter par eux et conduire en prison ; le jour suivant, sur onze confesseurs il y en eut neuf qui cédèrent aux tourments et ternirent leur gloire par une honteuse apostasie. Mais deux vierges, Agathe Tsuen et Lucie Pack, bien qu'éprouvées avec plus de barbarie, restèrent inébranlables dans la profession de l'Evangile.

Après l'édit du 19 avril, les fils d'Augustin et de Damien, et une nièce de Madeleine Ly, âgée de 14 ans, furent mis dans une prison séparée. Privés ainsi de tout conseil et de tout secours humain, ils restèrent fermes au milieu des supplices réitérés, et parmi les horreurs de la faim !... En vain les juges venaient-ils faussement leur dire que leurs pères avaient obtenu leur liberté au prix de l'apostasie. « Qu'ils aient « abjuré ou non, répondaient-ils, c'est leur affaire ; « pour nous, ah ! nous ne pouvons renier le Dieu que « nous servons depuis notre enfance. »

Les deux vierges Agathe et Lucie souffrirent aussi de cruels supplices. On leur rompit les os des jambes, et la moelle en coula !... Au milieu de si cruels tour-

ments, elles ne cessaient d'invoquer avec ardeur et
et suavité les doux noms de *Jésus* et de *Marie*. Le
mandarin lui-même admirait leur inaltérable patience.
Dès le lendemain, elles se trouvèrent miraculeusement guéries. C'est Mgr Imbert lui-même qui l'a mis
par écrit. — L'épouse de Damien fut traitée avec une
pareille férocité. Les jambes furent cassées à coups de
bâton. Dans ce pitoyable état, elle et ces dignes vierges ne montrèrent aucune faiblesse, aucun évanouis-
sement! Bien au contraire, elles parlaient avec tant
de liberté et de force, qu'elles pulvérisaient toutes les
calomnies des païens contre notre sainte religion ; les
assistants, et le président lui-même, furent forcés
d'admirer la doctrine chrétienne, dont elles faisaient
l'éloge autant par leur conduite que par leurs paroles.
Le Saint-Esprit leur donna des termes si justes, des
comparaisons si frappantes, que le juge même ne put
s'empêcher de les applaudir. « Oh! tu as raison, s'é-
« cria-t-il... Mais en sais-tu plus long que le roi et ses
« mandarins? — Ma religion est si belle et si vraie,
« lui répondit une jeune vierge, Lucie Kin, âgée de
« 22 ans, que si le prince et le ministre voulaient
« l'examiner, ils l'embrasseraient avec transport. —
« Oh! tu as encore raison, reprit le juge enchanté. »
    Voici deux autres vierges. On va cerner la maison
Kin, à deux lieues de la ville; toute la famille avait
pris la fuite, à l'exception des deux sœurs d'Antoine,
dont l'une âgée de 24 ans, et l'autre de 26, appelée
Colombe. Ces deux saintes filles avaient connu le haut

prix de la virginité , et renoncé au monde pour être
entièrement à Dieu. On commença par les exhortations
et les menaces, pour les décider à l'apostasie. Ensuite
on leur demanda pourquoi, à leur âge, elles n'avaient
pas encore fait choix d'un époux. Colombe répondit,
avec une noble simplicité, qu'aux yeux des chrétiens
la virginité était un état plus parfait, et qu'elles l'a-
vaient embrassé pour être plus agréables à Dieu. Le
mandarin, aussi étonné d'une si belle vertu qu'incapa-
ble d'en connaître le prix, les fit à l'instant frapper à
coups de bâton sur les épaules, sur les coudes et sur les
genoux ; à cinq reprises, il leur fit donner la question
aux jambes. Les os ployaient et ne rompaient pas. Au
milieu de leurs supplices , elles étaient comme inon-
dées d'une joie toute céleste, elles ne jetaient ni cris,
ni soupirs ; ce n'était pas même à haute voix , comme
les autres confesseurs , qu'elles prononçaient les doux
noms de Jésus et de Marie , pratique qui fait frémir de
rage les satellites et leur mandarin ; priant en silence,
elles s'entretenaient intérieurement avec notre divin
Sauveur !

Le juge , attribuant à la vertu d'un charme une si
admirable constance, leur fit écrire sur l'épine dorsale
des caractères anti-magiques, puis on les transperça de
treize coups d'alènes rougies au feu. Elles demeurèrent comme impassibles. Alors le mandarin commanda
aux satellites de les jeter dans la prison des forçats et
de les livrer à leurs insultes. Mais le céleste époux
des âmes vint à leur secours ; il les couvrit de sa grâce

comme d'un vêtement, et les anima tout à coup d'une
puissance surhumaine ; de sorte que chacune fut plus
forte que dix hommes à la fois. Les vierges de J.-C.,
nouvelles Agnès, nouvelles Bibianes, restèrent ainsi
deux jours durant au milieu des plus insignes malfai-
teurs, qui, subjugués par l'ascendant de la vertu et ren-
dant enfin hommage à l'héroïsme des deux captives,
les conduisirent avec honneur à la prison des femmes.

Colombe Kim, Agnès sa sœur, et trois autres chré-
tiennes, furent ensuite transférées dans la grande prison, et complétèrent le nombre de 40 confesseurs.
« Ils nous écrivent les lettres les plus édifiantes, dit
« Mgr Imbert, qui suivait, autant qu'il pouvait le faire
« sans s'exposer, tous les détails de ces combats, et
« rédigeait en secret les actes de ces martyrs ; vrai-
« ment leur cachot est devenu le séjour de la sainteté,
« de la paix et du bonheur. »

Ce cœur de pasteur avait cependant ses jours d'angoisses. Il avait vu une femme, condamnée à recevoir 30 coups de bâton sur les épaules, succomber au
27e. Plus tard, elle répara son crime, et confessa
l'Evangile avec une généreuse intrépidité. Et toutes
les fois qu'il apprenait de nouvelles défections, quelle
amertume pour ce bon pasteur !

Reprenons nos récits, et après avoir parlé des jeunes
gens et des vierges chrétiennes, disons avec ordre les
combats des chefs de famille.

Avant l'édit du 19 avril, les prisonniers n'étaient
pas encore traités très-rigoureusement. Le lendemain

de la saisie de la mitre, et autres objets du culte chrétien, les deux chefs de famille Augustin Ly et Damien
Nam, emprisonnés avec leurs enfants dont nous avons
dit les combats, subirent eux-mêmes un premier interrogatoire. Le mandarin n'osait pas pousser trop loin
les recherches, il craignait d'en apprendre plus qu'il
n'en voulait; car s'il eût été prouvé juridiquement que
ces objets de religion appartenaient à des Européens
cachés dans le pays, il eût fallu les prendre, et, une
fois arrêtés, qu'en faire? C'était, suivant l'expression
des magistrats, *une affaire trop grande pour un roi enfant et pour un petit royaume.*

Vint l'édit du 19 avril; les interrogatoires alors
furent terribles. Damien Nam fut le premier appelé.
Le juge voulut frapper les esprits d'épouvante. Sous
les yeux des autres confesseurs, il lui fit briser les os
des jambes et le fit rouer de coups de bâton sur les
bras, sur les côtes, enfin sur tout le corps. C'est chez
lui qu'on avait trouvé les objets du culte, et le juge,
voulant étouffer une affaire qui pouvait devenir si
embarrassante, aurait voulu le faire expirer dans les
tourments, afin qu'on ne pût donner suite à cette
affaire. Brisé par la torture, Damien tomba sans connaissance, et pendant quatre jours on désespéra de sa
vie. Mais enfin, le Dieu des martyrs, qui le réservait à
d'autres combats, à des couronnes nouvelles, lui rendit peu à peu la santé. — On sévit avec moins de férocité contre les autres confesseurs.

Enfin, après plusieurs séances, le 30 avril, 40 chré-

5 B

tiens furent condamnés à mort, et leur jugement présenté aussitôt à l'approbation du conseil royal. Ce nombre épouvanta le ministre, et surtout la reine. Ils avaient cru que les confesseurs apostasieraient dans les supplices. Trompés dans cet espoir, ils ne savaient quel parti prendre; car, disaient-ils, les mettre à mort, c'est accéder à leur désir. Il fut donc décidé qu'on recommencerait les tortures, et qu'on renverrait ceux qui survivraient à cette seconde épreuve.

D'après cet ordre, les bourreaux se remirent à l'œuvre et s'acharnèrent principalement sur ceux qu'ils avaient le moins maltraités dans les précédents interrogatoires. Six personnes comparurent d'abord. Augustin Ly eut les honneurs de la première séance. On lui rompit les jambes à coup de bâton, mais on ne put le faire fléchir, ni aucun des confesseurs. Les jours suivants, les tortures et les supplices ne réussirent pas mieux. Alors le juge, irrité de voir tous ses efforts inutiles, prit le parti de livrer les confesseurs aux prisonniers païens, avec ordre de les maltraiter de toutes manières. Par ce moyen, il lassa la patience de quelques-uns : Jacques Tsoury, sa femme, sa fille âgée de 14 ans, et quelques autres néophytes, déjà malades languissants, qui n'avaient plus qu'à étendre la main pour saisir les couronnes immortelles, renoncèrent à J.-C., de sorte que le nombre des confesseurs fut réduit à 35. Ces 35 restés fermes furent pour la seconde fois condamnés à mort et la sentence présentée au conseil royal, qui, après de longs débats, la rejeta de nouveau , et donna ordre de procéder à de nouveaux tourments.

Le président du tribunal criminel était las de torturer nos confesseurs. Cette fois, il eut recours aux exhortations paternelles : « Les autres criminels me « demandent la vie, leur dit-il, et par un renverse- « ment de rôle, c'est à moi de vous demander de vou- « loir vivre. Un mot d'obéissance au roi ne sera pas « un si grand péché. » Les confesseurs répondirent avec respect et fermeté à ses sollicitations ; il n'en put décider aucun à accepter la liberté et la vie qu'il leur offrait. Bien loin de là , comme il sortait du prétoire , il vit tomber à ses pieds un chrétien qui avait eu le malheur d'apostasier au commencement de la persécution. Protais Tchen ne se nourrissait plus que de ses larmes ; son repentir le ramena, et comme il rencontra le mandarin au milieu de la rue, il se prosterna devant lui et le supplia de le remettre au cachot, protestant qu'il détestait amèrement son apostasie. — Est-ce de tout ton cœur? lui dit le président. — Oui, répond Protais. — Eh bien! va à la prison ; et l'apostat repentant d'y courir, le cœur comblé d'une sainte joie, qu'augmentaient encore les félicitations et les consolations des autres confesseurs. Renvoyé, le 19, à la prison où il avait abjuré, il fut roué de coups de bâton ; il en reçut quinze de ceux qu'on appelle mortels, et la nuit suivante il expira.

Le juge forma donc une troisième liste , composée de neuf confesseurs , qu'il présenta pour la troisième

fois à la signature du conseil royal. Après trois jours
de débats, l'arrêt fut confirmé, et, le vendredi 24 mai,
à trois heures après midi, heure où notre divin Sauveur expira sur la croix, ces neuf victimes consom-
mèrent leur glorieux sacrifice sur une place publique,
hors de la porte de l'Ouest. Le vigilant pasteur de ce
troupeau désolé parvint à les faire enlever et enterrer
ensemble, le 27 suivant de grand matin, dans un terrain acheté uniquement pour leur servir de sépulture,
et il écrivit dans son journal : « Voilà pour nous de
« nombreux protecteurs dans le Ciel et des reliques
« toutes nationales, si jamais la religion devient flo-
« rissante en Corée, comme j'en ai l'espérance. »

En même temps moururent en prison, au milieu des
tortures, deux autres fervents chrétiens, Joseph Tchan
et un riche fabricant de soieries, brisés par d'horribles
tortures. Le 27, mourut en prison, par suite de mauvais traitements et de misère, la nièce de Madeleine
Ly, un des quatre enfants dont nous avons dit les
combats, et qui attendaient, dans une prison séparée
de celle de leurs parents, la récompense promise à
leurs peines. « Restent encore trois confesseurs de son
« âge, dit Mgr Imbert, daigne le divin Enfant Jésus
« et sa miséricordieuse mère les conserver jusqu'à la
« fin. »

Dans la grande prison, une pauvre veuve mourut,
le 2 juin, de faim, de misère et de manque d'air. En
même temps, le saint prélat apprit et nota que, dans
une autre province, cinq chrétiens, condamnés à mort

depuis dix ans, depuis dix ans attendant la mort en
prison, avaient enfin terminé par le glaive cette longue et cruelle captivité.

Après ces sanglantes exécutions, le président du
tribunal et son suppléant, dont la conscience n'y te-
nait plus à tuer des innocents, donnèrent leur démis-
sion. Il y eut alors un moment de calme. Mgr ne se
croyant pas nécessaire pour le moment à la capitale,
partit avec deux néophytes qui étaient venus le chercher. Il se jeta dans une barque, gagna les bords de la
mer Jaune, fit environ 30 lieues entre les nombreux
îlots qui entourent la presqu'île coréenne, et alla se
cacher dans une maison isolée, sur le rivage, « pour
« rafraîchir, dit-il, son cœur flétri par les angoisses
« de la ville. »

Ce repos ne put être de longue durée. Le 11 juillet,
la reine-régente, ayant remplacé le président démis-
sionnaire par un monstre de cruauté, rendit un décret
par lequel juges et satellites étaient accusés de non-
chalance, et on leur ordonnait de pousser vivement
l'affaire, jusqu'à ce que tous les chrétiens fussent ex-
terminés, et on les rendait coupables envers tout le
royaume de l'inexécution de ces ordres. Dès ce jour,
la persécution fut terrible. Le nouveau président mit
tout en œuvre pour arracher des apostasies ; séances
fréquentes, tortures cruelles, bastonnades extrême-
ment douloureuses, surtout à cause de leurs répéti-
tions à très-courts intervalles. Remarquons bien ici
cette manière de procéder du nouveau président,

parce que nous pourrons juger par là de quelle sorte il traitera le chef des chrétiens, quand celui-ci sera livré entre ses mains, et que nous n'aurons plus de détails précis.

Il y eut d'abord quelques apostats, sans que le nombre des prisonniers diminuât, parce que le cruel président eut l'adresse de les remplacer par d'autres qu'il sut découvrir. Il y eut, parmi les nouveaux prisonniers, quelques-uns des plus notables entre les fidèles : Charles Tchaos et une partie de sa famille, Charles Huen et sa famille, Augustin Liéou et son fils, Pierre Hon et sa femme, Paul Tin et sa famille, dont la maison servait de résidence à Mgr Imbert ; ce fut une grande perte matérielle pour toute la mission. Toutes les marchandises et autres effets de la mission, achetés avec les aumônes de la Propagation de la Foi, tout fut la proie des satellites. On dévasta même tout un village, à six lieues de la capitale, où on saisit plus de 60 chrétiens. Tous furent intrépides ; trois surtout furent horriblement torturés : Augustin Liéou, interprète de la cour dans ses rapports avec la Chine, et l'un des dix mandarins qui composent la grande ambassade de Corée en Chine ; Charles Tchaos, le courrier qui avait introduit M. Maubant en Corée, et Paul Tin, l'hôte de Mgr Imbert. On peut dire d'eux avec vérité ce qui est écrit du Sauveur flagellé : « depuis « la plante des pieds jusqu'au sommet de la tête, ils « n'étaient qu'une plaie : ils furent réduits à ne pou- « voir plus recevoir de nouveaux coups. »

Le 19 juillet sera mémorable pour l'Eglise de Corée,
par le glorieux martyre de neuf autres confesseurs
dont quatre seulement nous sont connus, et parmi
eux, trois appartiennent à la famille d'Augustin Ly,
martyrisé le 24 mai. Ce sont : Jean Ly, son frère ;
disons à la gloire du Dieu des martyrs qu'après avoir
eu les deux jambes cassées, dans un de ses interrogatoires, il s'était trouvé miraculeusement guéri le lendemain : c'est Mgr Imbert qui l'atteste. Après le père
vint sa fille Agathe, âgé de 15 ans, dont nous avons
dit les combats, les tortures, les triomphes, sous la
date du 14 avril ; Madeleine Ly, qui avait forcé le
mandarin à l'admettre dans la prison avec cinq de ses
compagnes qui partageaient son héroïsme, et Julie
Kin, qui avait quitté le service de la reine pour suivre
la croix de J.-C. Mgr de Capse et M. Maubant firent
de vains efforts pour nous conserver les noms des cinq
autres fidèles qui reçurent la couronne du martyre en
ce même jour, à 3 heures après midi, comme les neuf
martyrs du 24 mai. Combien d'autres ont pareille-
ment souffert, dans les diverses parties du royaume,
de la main des bourreaux, ou, dans les gorges des
montagnes, du froid, de la faim et des dents des bêtes
féroces! Chrétiens admirables, la terre n'a pas connu
vos vertus, le Ciel s'est chargé de vous récompenser
et votre récompense sera éternelle!

J'ai dit les combats des fidèles coréens, j'arrive à
ceux de nos chers compatriotes. Des néophytes, de
jeunes garçons, de faibles vierges, nous ont étonnés

par leur intrépidité, ainsi que les chefs de famille,
hommes et femmes, depuis longtemps convertis à la
foi chrétienne; voici les pères, les maîtres et les mo-
dèles du troupeau. Pourront-ils surpasser tant de
vertu, tant de courage, et se conserver à la hauteur
où les place leur sacerdoce? J'ose l'affirmer, et justifier
ici les belles paroles que j'ai empruntées à Mgr Bonnaud pour servir de préface, d'excuse et d'apologie au
sublime dévouement de nos amis.

Mgr Imbert, voyant la position critique où se trouvait son troupeau, invita ses deux collaborateurs à se
réunir à lui pour délibérer sur ce qu'il convenait de
faire. On savait qu'il y avait des Européens en Corée ;
on avait donné des ordres pour les rechercher. Fallait-
il se retirer en Chine ou dans le Léatong? Etait-il expédient de se livrer pour faire cesser les recherches?
Mgr pensa qu'il suffirait qu'un seul se livrât aux juges,
tandis que les deux autres, cédant momentanément à
l'orage, se retireraient en Chine; il se réservait le
droit de se livrer le premier, parce que, disait-il, c'é-
tait au premier pasteur à donner sa vie pour son troupeau. MM. Maubant et Chastan réclamaient chacun
pour eux cet honneur. M. Maubant prétendait avoir
de bonnes raisons pour que cet heureux sort lui fût
adjugé. Quelle lutte! On ne put s'accorder sur ce
point; on craignit aussi d'exposer la famille qui se dé-
vouerait pour procurer leur évasion. Il fut donc ré-
solu qu'ils continueraient à se cacher en Corée. Ils se
séparèrent le 30 juillet; les deux prêtres descendirent

vers le sud de la mission, visitant, malgré l'orage, trois petites chrétientés qui étaient sur leur route.

Cependant, Mgr Imbert, resté témoin des souffrances de son troupeau, ne peut y tenir plus longtemps. Onze jours après le départ de ses confrères, il sort de sa retraite, et se présente hardiment au cruel président. Il se déclare le chef des chrétiens qu'il persécute. C'est lui qui est venu des extrémités de l'Occident pour leur annoncer la bonne nouvelle d'une vie éternelle, qui nous a été méritée par la mort de J.-C.

Le juge commence par lui faire appliquer le supplice du *tsouroï*, c'est-à-dire qu'on lui attache fortement les deux genoux ensemble, et ensuite les pieds de la même manière ; après cela, on passe dans l'intervalle deux bâtons qu'on tire avec violence en sens contraire jusqu'à ce que les jambes décrivent un arc tendu avec effort. En cet état, le juge lui dit : « Pourquoi êtes-« vous venus dans la Corée, toi et tes compagnons? « — Nous y sommes venus pour sauver vos âmes. — « Combien as-tu instruit d'hommes? — Quelques « centaines. — Livre-moi tous ceux que tu as con-« vertis. — Je ne le puis sans me rendre coupable, « je ne le ferai pas. — Je t'ordonne d'abandonner ton « Dieu. — Non, je ne l'abandonnerai jamais. »

C'était le 11 août. De ce jour, Mgr Imbert ne put continuer son journal, qui nous a servi de guide jusqu'ici, et nous sommes privés des détails si intéressants que durent offrir les divers interrogatoires du saint évêque, et celui des souffrances qu'il endura

durant 40 jours. Mgr Verolles, vicaire apostolique de
la Mantchourie, à qui les fidèles de Corée firent parvenir les lettres et autres papier sdes saints martyrs,
se plaint de ce que les lettres coréennes qu'il a reçues
ne mentionnent aucun détail ; beaucoup de mots,
point de faits, selon le genre oriental. Ce que j'ajou-
terai nous est fourni par quelques lettres de M. Chastan, et par des relations postérieures des missionnaires qui ont pénétré dans la Corée pour continuer
l'œuvre de nos saints martyrs.

Mgr Verolles nous apprend qu'en cette première
séance, le juge, irrité par les refus du saint évêque,
lui fit subir de cruelles et sanglantes bastonnades.

Il subit seul, pendant vingt-six jours, la fureur du
cruel idolâtre, qui dut faire renouveler bien des fois
ces durs traitements. Imbert eut occasion de connaître
toute la haine du féroce président contre notre sainte
religion ; il comprit tout ce qui était réservé de tortures aux fidèles coréens ; il sut qu'on avait mis à prix
la tête de ses confrères, et qu'on voulait, quoi qu'il
en coûtât, s'emparer de leurs personnes. Peut-être
craignit-il pour l'Eglise de Corée le triste sort de l'E-
glise du Japon. Alors ce sage pasteur, cet évêque digne
des anciens jours, guidé par le Saint-Esprit, qui, d'a-
près les divines promesses, assiste particulièrement
ceux qui souffrent en son nom, jusqu'à leur inspirer
les paroles qu'ils doivent répondre aux juges, alors le
saint confesseur écrivit à ses amis que le temps était
venu où il convient que les pasteurs se sacrifient pour

épargner de plus grandes vexations à leur troupeau, et les invita à venir le joindre en prison.

Il n'est pas possible de dépeindre la douleur des bons néophytes, quand ils virent Mgr Imbert entre les mains des bourreaux, et quand ils apprirent qu'il avait ordonné à ses confrères de venir le joindre. Tous voulurent imiter leur héroïsme ; personne ne voulait plus vivre. Mgr crut devoir écrire une seconde lettre dans laquelle il fit défense aux fidèles de se faire mettre en prison, et ordonna aux PP. Maubant et Chastan d'empêcher qu'on ne les suivît. A la réception des ordres de son évêque, M. Chastan prit la plume pour faire ses adieux à ses amis et à ses supérieurs. Voici sa lettre, dont je n'ai pas osé retrancher une seule parole :

« Messeigneurs et Messieurs,

« La divine Providence, qui nous avaient conduits « dans cette mission à travers tant d'obstacles, permet « que la paix dont nous jouissions soit troublée par « une persécution cruelle. Le tableau qu'en a tracé « Mgr de Capse, avant son entrée en prison, et qui « sera expédié avec ses lettres, s'il y a moyen, vous « en fera connaître la cause, la suite et les effets. « Déjà vingt-cinq confesseurs ont été décapités ; cinq « sont morts dans les tourments ou à la suite des tor- « tures ; plus de 150 sont dans les fers. Le nombre « des apostats n'est pas petit. Mgr avait pensé plu- « sieurs fois à se livrer pour sauver ses ouailles ; ce- « pendant, comme il ne s'agissait point de nous dans « le supplice de la question, mais qu'on se bornait à

« dire aux chrétiens : Apostasiez, sauvez votre vie,
« nous craignîmes d'aigrir le mal au lieu de le guérir,
« en nous présentant aux mandarins.

« Vers la fin de juillet, ayant eu le bonheur de nous
« voir réunis, Mgr exprima le désir de nous renvoyer
« en Chine, et d'aller seul recevoir la couronne. Cette
« proposition nous affligeait beaucoup. Le danger évi-
« dent de mort qu'auraient couru, en nous sauvant,
« les bateliers et leurs familles, nous la fit rejeter.
« Aujourd'hui, 6 septembre, est arrivé un ordre du
« prélat de nous présenter au martyre. Nous avons la
« douce joie de partir après avoir célébré une der-
« nière fois le Saint-Sacrifice. Qu'il est consolant de
« pouvoir dire avec saint Grégoire : *Unum ad palmam*
« *iter, pro Christo appeto*, je désire mourir pour J.-C.,
« c'est pour moi l'unique chemin du Ciel. Si nous
« avons le bonheur d'obtenir cette palme glorieuse,
« *quæ dicitur suavis ad gustum, umbrosa ad requiem,*
« *honorobilis ad triumphum*, palme dont le fruit est dé-
« licieux, dont l'ombre invite au repos et qui sert à or-
« ner le triomphe, rendez-en pour nous mille actions
« de grâce à la divine bonté, et ne manquez pas d'en-
« voyer au secours de nos pauvres néophytes qui vont
« de nouveau se trouver orphelins. Pour encourager
« nos chers confrères qui seront destinés à venir nous
« remplacer, j'ai l'honneur de leur annoncer que le
« ministre Y, actuellement grand persécuteur, a fait
« forger trois grands sabres pour couper leurs têtes.

« Si quelque chose pouvait diminuer la joie que

« nous éprouvons, à ce moment de départ, ce serait
« de quitter ces fervents néophytes, que nous avons
« eu le bonheur d'administrer pendant trois ans, et
« qui nous aiment comme les Galates aimaient saint
« Paul ; mais nous allons à une trop grande fête, pour
« qu'il soit permis de laisser entrer des sentiments de
« tristesse dans notre cœur. Nous recommandons une
« dernière fois notre cher troupeau à votre ardente
« charité..... »

Qui pourra dire la joie intime de Mgr Imbert, en
voyant ses confrères accourir en prison, à sa voix,
comme à la voix de J.-C. lui-même. Ils s'étaient embrassés comme des frères, à leur première entrevue
sur cette terre, où ils venaient travailler à la vigne du
Seigneur, quelles actions de grâce ne rendirent-ils pas
à la divine bonté, à cette suprême et solennelle entrevue sous les voûtes d'une prison ! et voyant leur évêque meurtri par les rudes bastonnades, quelle ardeur
ne dut pas embraser les cœurs de ses généreux confrères !

Mgr Imbert s'était livré le 11 août, MM. Maubant
et Chastan se constituèrent prisonniers le 7 septembre.
Ce fut avec une telle joie, qu'il semblait qu'ils allaient
à des noces ; ils s'efforcèrent de consoler les chrétiens
qui furent présents à leur départ ; ils écrivirent aux
absents pour les confirmer dans la foi, et n'eurent pas
peu de peine à éloigner d'eux ceux qui voulaient absolument les suivre. Il ne purent entièrement y réussir ;
plusieurs s'obstinèrent à ne pas les quitter, et obtin-
rent du juge le bonheur de mourir avec eux.

Je n'ai pu savoir combien de fois Mgr Imbert avait paru dans le prétoire, pendant les 26 jours qu'il avait passés en prison, avant la venue de ses chers amis Notre illustre compatriote y avait toujours soutenu l'honneur de la religion, et, dans les supplices, il s'était toujours souvenu de la dignité de son sacerdoce. Avec quelle noble joie, avec quelle ferme confiance en la grâce de J.-C. ne va-t-il pas se présenter, maintenant qu'il est assisté de ses deux confrères! Et qui dira l'ardeur de ceux-ci quand leur tour arriva de rendre gloire au Dieu crucifié, par leur parole d'abord, et ensuite par leur patience dans les tourments, sous les yeux de leur évêque, qui les avait si bien préparés par son exemple et par ses paroles.

Comme auparavant on dut prendre leurs noms, âge et qualité, je placerai ici les renseignements que j'ai obtenus sur chacun des deux missionnaires, auprès des supérieurs ecclésiastiques de leur diocèse, ainsi qu'auprès de M. le supérieur des Missions étrangères, à Paris.

M. Chastan (Jacques-Honoré), naquit à Marcoux, aux environs de Digne, le 7 octobre 1803, de parents honorables et assez à leur aise; il fut l'aîné.

Ses parents ne négligèrent rien pour son éducation, et comme de bonne heure il montra des dispositions pour l'état ecclésiastique, il fut placé au Séminaire de Digne, où il fit sa philosophie en 1822 et sa théologie les années suivantes. Nous avons sous les yeux un bulletin de son professeur, avec ces notes : *Caractère*.

Très-heureux ; il se fait aimer de tous ses condisciples. *Aptitude.* Il a de l'intelligence , il est très-studieux, très-appliqué, et fait bien.

Un de ses condisciples, son intime ami, maintenant curé de la paroisse où il est né, le respectable M. Jaubert, nous apprend que M. Chastan fut l'édification des séminaristes par sa piété, sa douceur et sa charité, qui faisaient le fond de son caractère ; qu'il avait une affection particulière pour l'étude de l'Ecriture Sainte, qu'il apprenait par cœur dans tous les moments dont il pouvait disposer. Tout le temps qu'il a été à même de le voir, soit à la maîtrise qu'ils dirigèrent de concert pendant quelque temps, soit en paroisse où ils conservèrent des rapports toujours bien agréables, jusqu'au jour de son départ pour la maison des Missions étrangères de Paris, M. Chastan fut pour lui un sujet d'édification et l'objet d'une vive affection. « Je dois,
« ajoute-t-il , un souvenir particulier à ce jour où ,
« pour dire adieu à ses parents et amis, il les convia
« tous à sa table ; mais je ne puis dire tout ce qu'il y
« eut d'émouvant dans ces adieux, où des parents
« trop sensibles firent tout ce qu'ils purent pour le
« détourner de sa sainte vocation ; son père et sa mère,
« ses frères et ses sœurs réunirent tous leurs efforts,
« sans écouter aucune des paroles que ce digne fils et
« ses bons amis leur disaient pour les engager à res-
« pecter la volonté divine ; enfin , les sanglots de sa
« bonne et tendre mère couvrant toutes les voix et
« provoquant les larmes de tous, les assistants embras-

« sèrent pour la dernière fois ce digne ami, en for-
« mant des vœux pour que Dieu le conservât long-
« temps à sa famille et à son Eglise. »

Dignes amis, que ce souvenir impressionne encore,
songez que si votre affection pour lui s'est conservée
jusqu'à ce jour, la charité du saint martyr s'est accrue
avec toutes ses autres vertus, qu'elle a atteint sa plus
haute perfection, et que, dans l'heureuse place qu'il
occupe dans l'armée brillante des martyrs, vous aurez
toujours la meilleure part à ses faveurs.

Rendu en Corée, M. Chastan se distingua par son
ardente charité pour les pauvres, par sa patience admirable à écouter les néophytes qui recouraient à lui,
par son esprit de mortification, souffrant la faim, la
soif, le froid, et beaucoup de fatigues. Il recevait les
chrétiens qui venaient le trouver, avec plus de bonté
que ne l'aurait fait la meilleure et la plus tendre des
mères, et les intruisait comme le plus tendre et le meilleur des pasteurs ; il mettait sa joie et son bonheur à
soulager surtout les plus infortunés. Son cœur était si
tendre et si compatissant, qu'en voyant les pauvres et
les malheureux, il ressentait les mêmes peines, et leur
donnait ce qu'il pouvait. Souvent il se dépouillait de ses
habits pour les leur donner. Dans les mauvais jours, et
il n'en vit jamais de beaux sous ce ciel de fer, dans ce
pays où domina de tout temps le prince des ténèbres
avec son cortège de crimes et de malheurs, aux plus
mauvais jours, combien de fois s'est-il enfoncé dans les
gorges des montagnes pour y porter le secours de son

ministère et les aumônes qu'il recevait de France, aux chrétiens fugitifs, mourant de faim, à qui il prodiguait, avec les aumônes, les consolations spirituelles, et surtout le pain eucharistique ; en sorte qu'il pouvait bien dire de ses chères brebis ce que nous avons déjà cité de lui, quand il apprenait que ces fervents chrétiens étaient morts de misère : *J'espère que leur tristesse est maintenant changée en joie !* Il était occupé à de pareilles visites quand il reçut de son évêque l'invitation à laquelle il répondit avec des sentiments si édifiants de joie et de bonheur.

M. Maubant (Pierre-Philibert), naquit à Vassy, le 20 septembre 1803, de Charles Maubant et de Catherine Duchemin. Il montra de bonne heure l'intention de se consacrer aux travaux des Missions étrangères ; son éducation fut soignée par un digne ecclésiastique, qui ne le perdit point de vue depuis sa première communion. Il rend témoignage à la piété et à l'innocence de ses jeunes ans, à son amour de l'étude qui fut remarqué antour de lui ; car une bonne femme lui ayant demandé ce qu'il voulait faire par tant de lectures, il lui répondit, conformément à ce que nous avons dit de ses intentions : Je veux m'instruire, et quand je serai instruit, j'irai jusqu'au bout du monde. M. Maubant servit comme vicaire en deux paroisses avant son départ pour les missions. Nous venons de voir avec quelle intrépidité il se glissa en Corée par l'ouverture d'un aqueduc glacé, à deux pas des satellites, et comment il fit à Dieu le sacrifice de sa vie, quand il se vit dénoncé par les aboiements d'un chien plus vigilant que son maître.

Le premier interrogatoire fut suivi de deux autres, où le président, redoublant d'arrogance, multiplia les questions aux confesseurs : Qui est votre maître? Qui vous a donné l'argent que vous avez? Qui vous a envoyés ici? Combien avez-vous fait de prosélites? A toutes ces questions, nos saints amis répondirent avec la sagesse, le calme et la force que l'Esprit inspire en ces moments. Après ces questions, vint l'ordre impie d'abandonner le vrai Dieu, et de proférer, sous sa dictée, les blasphêmes les plus horribles contre Dieu, la Sainte Trinité, la Sainte Vierge, etc. Ces ordres furent reçus comme ils le méritaient, et les satellites se mirent en devoir de servir la colère du féroce président. Or, voici la description des principaux supplices employés contre les chrétiens, et appliqués tour à tour sur les saints confesseurs pendant trois séances :

1o La *Planche* : c'est une espèce de latte en chêne, longue de cinq pieds sur six pouces de large, et trois doigts d'épaisseur, dont on se sert pour rouer le patient, ordinairement condamné à avoir les jambes rompues, avant d'être étranglé.

2o Le *Tsouroï-Tsil*, qui consiste à lier fortement les genoux et les pieds de la victime, et à passer dans l'intervalle deux bâtons qu'on tire avec violence en sens contraire, jusqu'à ce que les jambes décrivent un arc de cercle tendu avec effort. D'autrefois, ce sont les bras qu'on assujettit ensemble, au point de forcer les épaules à se toucher, et, dans cet état, une barre de bois, introduite entre les nœuds, soulève le condamné et le tient suspendu par ses poignets gonflés et meur‑ tris. Quand les bourreaux sont habiles, ils savent comprimer les bras et les jambes de manière à les faire ployer sous l'action de la torture ; mais s'ils sont inexpérimentés, les os se rompent tout d'un coup et la moelle s'en échappe avec le sang.

3o Le *Tsou-Tsang-Tsil*, espèce de flagellation, pendant laquelle le patient est attaché en haut par les cheveux et agenouillé sur des pointes aiguës de pots cassés, tandis qu'à sa droite et à sa gauche des satellites le fustigent.

4o Le *Sam-Mo-Tsang*, scie en bois avec laquelle on ampute le gras des membres.

5o Le *Top-Tsil*, corde en crin dont on serre la cuisse du condamné de manière qu'en tirant avec force les deux bouts, la corde entre dans les chairs et les découpe par tranches.

Après que, pendant trois jours consécutifs, on eut essayé ces diverses tortures à nos missionnaires, force fut au bourreau de leur accorder quelques jours de repos ; et les trois confesseurs, rendus au silence de la prison, eurent tout le loisir de remercier celui qui les avait soutenu dans ces combats, et de lui demander son secours pour le jour du triomphe.

Ce fut le 21 septembre (1) ; une compagnie de sol-

(1) Les actes de Mgr Imbert ne contenant pas de détails, nous avons

dats, au nombre de 126, le mousquet sur l'épaule, se rendit sur le lieu de l'exécution, appelé Nota, situé sur le bord du fleuve, à une lieue de la capitale. Un instant après, une décharge de fusil et le son de la trompète annoncèrent l'arrivée d'un grand mandarin militaire au milieu d'eux. Pendant ce temps, les prisonniers furent extraits de leur prison, placés dans une corbeille d'osier, les mains attachées derrière le dos, et portés au champ du triomphe, au milieu d'une grande foule de peuple.

Les soldats avaient planté dans le sable trois piques, au sommet desquelles flottait un étendard, et s'étaient rangés en cercle tout autour. Ils ouvrirent le cercle et y reçurent les prisonniers. Le mandarin lut leur sentence; on les dépouilla d'une partie de leurs vêtements; on perça leurs oreilles chacune d'une flèche qu'on y laissa suspendue; on jeta de l'eau sur leur figure, et par dessus une poignée de chaux. Puis, deux hommes, passant un bâton sous les bras de chacun d'eux, les prirent sur leurs épaules et les promenèrent rapidement jusqu'à trois fois autour du cercle des soldats, afin que tout le peuple pût voir et lire la cause de l'arrêt de mort; après quoi ils les firent agenouiller, attachèrent une corde à leur chevelure, et la passant par un trou pratiqué à la bigue qui servait de potence,

été heureux de trouver une relation détaillée du martyre d'André Kim, écrite par Mgr Ferréol, dans laquelle il est dit qu'il fut traité en ennemi de l'Etat, et immolé de la même manière que Mgr Imbert et MM. Chastan et Maubant. Je m'en empare donc, et je copie ne changeant que le nom et la date.

les tirèrent par le bout et tinrent leurs têtes élevées.

Alors, une douzaine de soldats, armés de leur sabre et simulant un combat, voltigent autour des condamnés et en passant frappent sur le cou des confesseurs ; la tête ne se détache qu'au septième ou huitième coup. Des satellites placent les corps sur une petite table et les présentent au mandarin, qui s'en va avertir la cour de leur exécution. « Leurs restes précieux furent jetés « pêle-mêle dans du sable, tout près de la rivière, et « confondus dans une même fosse. Le roi préposa des « gardes à leurs tombeaux. Néanmoins, trois mois « après, les chrétiens purent les enlever furtivement ; « mais il était impossible de les distinguer, car il n'y « avait plus que les os ; ils sont donc unis pour l'éter- « nité. *Inclyti Israel et decori in vitâ suâ, in morte quo-* « *que non sunt divisi.* Mgr Imbert était âgé de 41 ans, « M. Chastan de 35, M. Maubant de 36. Sept mois « après les chrétiens honorèrent leurs tombeaux. « Enfin, après l'espace de trois ans, ils firent, avec « bien des précautions, un nouveau tombeau sur « la montagne Kouan à Kean, et y placèrent tous « leurs ossements et toutes les particules de leurs « corps. Le même mois, ajoute Mgr Verroles, vicaire « apostolique de la Mantchourie, le plus voisin de la « Corée, Charles Tchao, Paul Tin et Augustin Liéou « eurent la tête tranchée. Soixante chrétiens ont donc « été décapités, les autres sont morts en prison, de « misère, ou par suite de leurs tortures ; en tout, près « de cent martyrs. Il y a eu, de plus, quelques exilés,

« et il reste encore dix confesseurs au cachot. Las de
« frapper, ces bourreaux ont déposé leur hâche san-
« guinaire. On annonce quelques conversions, entre
« autres celle d'une riche famille. Je me hâte de ter-
« miner cette lettre ; sans doute le simple narré que
« je viens de faire sera, pour tous les associés, un
« sujet d'admiration et de prières. En effet, quels
« beaux exemples! Quelle foi généreuse dans des
« néophytes délaissés, restés pendant tant d'années
« sans pasteurs, comme perdus à l'autre bout de la
« terre! Quelle intrépipité! Des vierges timides, de
« pauvres enfants, devenus des héros! Plus forte que
« la mort, l'Eglise de J.-C. triomphera jusqu'à la fin
« des siècles de l'enfer et de sa rage. *Et hœc est victoria*
« *quœ vincit mundum fides nostra!* La religion chrétienne
« commence à vieillir, disent nos incrédules d'Europe,
« elle s'use... Bénissons notre divin Sauveur, qui,
« par sa grâce victorieuse, ne cesse de conserver en
« elle, et de *renouveler*, chaque jour, *la vigueur de sa*
« *jeunesse.* »

Ma tâche serait ici terminée, si l'affection que portait Imbert à son troupeau ne nous avait inspiré un
semblable sentiment. Je pense être agréable à mes lecteurs en ajoutant quelques lignes sur l'état actuel de
cette intéressante mission. Puissent ces détails lui
procurer un surcroît d'aumônes, en procurant un plus
grand nombre d'associations à l'œuvre de la *Propagation de la Foi*, et nous obtenir en échange quelque
partie des reliques de ces illustres martyrs.

Voilà donc de nouveau la pauvre et désolée Église coréenne privée de son pasteur. La voilà de nouveau tournant ses yeux baignés de larmes vers l'Europe, d'où lui doit venir le salut, tendant les bras vers elle pour en obtenir de nouveaux guides, qui conduisent ses pas à travers cette vallée de ténèbres et de misères.

Un successeur fut donné à Mgr Imbert, en la personne de Mgr Ferréol, qui partit de Macao, au commencement de 1840, trois mois seulement après son martyre, et arriva, sur la fin de cette année, aux frontières de la Corée. Il sut là que toute communication avec l'intérieur était interrompue. Les fidèles de la Mantchourie, province limitrophe de Corée, sous l'empire de la peur, lui refusèrent un asile ; il se retira vers la Mongolie, à 90 lieues nord de Mors-Den, où les fidèles moins peureux lui donnèrent l'hospitalité. Il attendit là, pendant deux ans, des nouvelles de la Corée, ainsi que le moyens de recevoir la consécration épiscopale. Il apprit que les persécuteurs, après avoir fait tomber la tête de nos compatriotes, avaient cessé d'immoler des chrétiens : c'est bien pour cela que ces saints apôtres avaient jugé expédient de se livrer aux bourreaux.

Les fidèles se remirent peu à peu, et, après quelque temps accordé aux transes de la frayeur, ils envoyèrent un courrier, qui mourut en route. L'année suivante, 1841, ils en expédièrent un second, qui n'eut pas le bonheur de rencontrer les courriers chinois. Enfin, en 1842, un troisième courrier parvint

heureusement, et fut rencontré par deux élèves coréens attachés à la personne de Mgr Ferréol. Il portait
autour des reins une bande de papier en forme de
corde, sur laquelle les chrétiens de Corée avaient écrit
qu'on envoyât de nouveaux missionnaires à ce troupeau si digne d'intérêt. Ici nous répèterons encore une
fois, avec le successeur de Mgr Imbert : « Si le triom-
« phe du pasteur est beau, l'état du troupeau est bien
« triste, **bien** déplorable ; Que de décombres! Que de
« ruines! Que de familles réduites à la dernière mi-
« sère! Que d'orphelins qui n'ont pas où reposer leur
« tête! » Et avec Imbert lui-même, mais cette fois,
avec Imbert ceint d'une couronne pontificale toute
rouge de son sang ; avec Imbert près de monter sur
nos autels, pour nous dire lui-même cette parole de
feu : *Qui veut aller en Chine? Qui veut aller sauver des
âmes?*

Mgr Ferréol fit son entrée en Corée en octobre 1845,
monté sur une mauvaise barque, aussi mal équipée
que la barque de saint Lazare et de ses compagnons,
conduits de Palestine à Marseille par la main invisible
du Tout-Puissant. Le pilote de cette barque fut le vénérable André Kin, premier prêtre coréen, dont la
famille avait fourni plusieurs martyrs. Il a été lui-
même le martyr de Corée le plus distingué. Mgr Ferréol fut assisté par M. Daveluy, prêtre français de la
même congrégation. Leurs premières lettres nous ont
appris « que les esprits sont bien disposés pour notre
« sainte religion ; que la classe des lettrés a pour elle

« une singulière estime, et semble n'attendre pour se
« déclarer en sa faveur que le moment où elle sera
« libre. » La foi, et une foi vive, se conserve parmi
les fidèles, dont les exemples seuls opèrent de nombreuses conversions parmi les idolâtres, sans que les
missionnaires s'en mêlent. Des femmes avec leurs enfants à la mamelle, des vieillards, de jeunes personnes, ne craignent pas de faire 4, 6 et même 8 journées
de marche pour venir recevoir les sacrements, par la
neige, le froid, et à travers les montagnes.

De 1845 à 1852, Mgr Ferréol et M. Daveluy ont été
seuls missionnaires en Corée. M. Maistre les joignit
en 1852, après dix ans de courageux efforts et de
pénible attente, par la voie de mer, comme avait fait
Mgr Ferréol, et d'une manière encore plus hardie.
Mgr Ferréol est mort en 1853, laissant toute la charge
du service à M. Daveluy, assisté d'un seul prêtre
chinois.

Cependant le peuple paraît aussi bien disposé que
les lettrés en faveur de la religion chrétienne : c'est la
peur qui les retient. Si l'on pouvait prêcher librement,
quelle moisson à recueillir ! Espérons que la divine
Bonté ne tardera pas à écouter tant de prières qui s'é-
lèvent de toutes parts pour obtenir à ces peuples, si
bien disposés, de pouvoir enfin jouir de la liberté des
enfants de Dieu.

La religion, en ce moment, se trouve dans la même
situation qu'à la mort de Mgr Imbert ; le nombre des
fidèles a doublé ; on le porte maintenant à 18 ou 20

mille. Du reste, mêmes barrières contre l'introduction des étrangers, mêmes persécutions à l'intérieur,
quoique moins sanglantes. Ce qu'on attribue en partie à la peur du gouvernement coréen, qui n'est pas
sans inquiétude quand il voit flotter le pavillon français ; à diverses époques, depuis vingt ans, on a répété
que le gouvernement paraît pétrifié, se rappelant la
mort de nos trois compatriotes, et s'attend à subir le
même sort que la Chine, se sentant aussi coupable
qu'elle.

CONCLUSION.

Le 27 mai 1839, notre cher compatriote, occupé à
nous conserver les reliques des martyrs du 24, écrivait : « J'ai l'espérance que la religion deviendra un
« jour florissante en Corée. » Trois ans après, un de
ses confrères, M. Blanchini, n'était-il pas inspiré du
même esprit quand il écrivait cette autre prophétie ?
« Depuis trois siècles, la Chine repousse le flambeau
« de la foi ; elle boit le sang de ses prophètes, et reste
« plongée dans les ténèbres. Les Chinois ont fermé
« l'oreille aux accents des apôtres qui venaient leur
« annoncer la bonne nouvelle du salut ; et voi à que
« les guerriers vont exécuter, à leur insu, les décrets
« éternels sur ce peuple orgueilleux. Le canon gronde
« autour du Céleste Empire» — C'était en 1842, en
1858 nous pouvons dire : Le canon gronde au sein du
Céleste Empire, le pavillon français n'est pas loin de
Pékin, — « serions-nous donc à la veille de voir le

« peuple chinois fraterniser avec les autres nations ?
« Tout porte à le croire ; la politique le demande ; le
« canon l'exige et déjà l'exécute. Assez longtemps ,
« cette terre a été arrosée du sang des missionnaires,
« que les sueurs de l'apôtre désormais lui suffisent ;
« il est temps que notre voix , jusqu'ici captive , éclate
« sur les places publiques de ses villes ; que la lumière
« chasse enfin les ténèbres ; que la Croix soit en hon-
« neur ici , comme dans toute la terre. Cette grande
« moisson paraît mûre ; puissions-nous voir bientôt
« accourir près de nous , des bords lointains de la
« patrie , des ouvriers nombreux pour nous aider à la
« recueillir ! Daigne aussi le Seigneur écouter la voix
« de tant d'âmes qui gémissent et qui le conjurent de
« réaliser ce vœu , le plus ardent de nos cœurs : *Unus*
« *pastor et unum ovile.* Un seul pasteur et un seul
« troupeau. »

P. S. du 5 juin 1858. — *L'Univers* de ce jour fait part à ses
lecteurs d'une lettre de Corée, écrite par le pieux successeur de
Mgr Imbert, le 12 septembre de l'année dernière. Il est facile d'y
entrevoir les prodigieux , les admirables changements que les
prières des saints martyrs doivent faire espérer à tous les cœurs
français et catholiques.

« Au mois d'août 1856, la frégate française la *Virginie* fit un
« long séjour sur nos côtes , et s'approcha à 8 lieues de la ville
« royale, où je réside secrètement. Je mis deux bateaux en mer,
« dans le but de communiquer avec M. l'amiral Guérin , et lui

« offrir mes services. Ces embarcations ne purent arriver, et la
« *Virginie* fit route vers la Chine. Le séjour prolongé de ce bâ-
« timent sur les côtes a vivement impressionné le gouvernement
« coréen. Il a toujours sur la conscience la mort d'un évêque et
« de deux missionnaires français, massacrés par lui, en haine
« de la religion, en 1839. Il croit que la France ne peut laisser
« cette mort impunie, et il s'attend à voir la *Virginie* revenir
« cette année, avec des forces imposantes, pour s'emparer du
« royaume. C'est une conviction établie dans tous les esprits,
« que la Corée va devenir pays français. Déjà le roi a préparé le
« lieu de sa retraite, et le peuple, païens et chrétiens, fatigué
« d'un gouvernement qui l'oblige à mourir de faim, et persé-
« cute sa foi, regarde vers la France, et attend d'elle son salut.
« Si le proverbe : *Vox populi vox Dei*, n'est jamais en défaut,
« nous allons donc voir incessamment l'aigle de Napoléon planer
« sur la Corée, et couvrir de ses ailes protectrices ce pays si
« longtemps souffrant, malgré les richesses de son sol et de ses
« mines, et qui fait l'objet des convoitises de la Russie. »

Extrait de l'*Univers*, 2 octobre 1858.

On lit dans le *Journal de Rome* du 26 septembre :

Le 17 du courant, LL. EE. RR. les cardinaux Ferretti, Della Genga, Spinola, Altieri, Fieschi, et les autres prélats qui font partie de la Sacrée Congrégation des Rites, se sont réunis pour prononcer sur l'introduction de la cause d'un grand nombre de serviteurs de Dieu, qui, dans ces derniers temps, ont été cruellement mis à mort par les ennemis du nom chrétien, en Corée... En suite du vote favorable donné par la Congrégation, N. S. P. le Pape a daigné, le 24, signer la commission pour les suivants, au nombre de 83 :

Laurent Imbert, Pierre Maubant, Jacques Chastan, Augustin

Y (1), Barbe sa femme et Agathe sa fille, Damien Nam et Marie sa femme, Pierre Hoven, Agathe Y, Madeleine Kim, Barbe Hon, Anne Pak, Agathe Kim, Lucie P ak, Marie Hieng, Jean-Baptiste Y frère d'Augustin, Madeleine Y et Madeleine sa mère, Thérèse, Barbe, une autre Barbe, Marthe Kim, Lucie Kim, Anna Kim, Rose Kim, Marie Oven, Jean Pak, Marie Pak, Paul Ting, Eisabeth 'sa sœur et Cécile sa mère, Augustin Liou, Charle s Tchao, Sébastien Nam et Barbe Tso sa femme, Ignace Kim, Judith Kim, Agathe Tsen, Madeleine Pak, Perpétue Hong, Colombe Kim et Agnès sa sœur, Pierre Tshoi et Madeleine Lou sa femme, Madeleine Han et Agathe sa fille, Agathe Y, Benoîte Hien, Barbe Ko, Madeleine Y et Marie sa sœur, Augustin Pak, Pierre Hong et Paul son frère, Jean Y, Barbe Tshoi, le solda, Paul He, Pierre Y, Joseph Tsang, Prôtais Tseng, Pierre Liou, Agathe Tsang, Barbe Kim, Lucie la bossue, Anne Han, Barbe Kim, Catherine Y, Madeleine Tso, François Tshoi, André Tseng, Thérèse Kim, Etienne Minh, Antoine Kim, André Kim prêtre indigène, Charles Hion, Pierre Nam, Laurent Han, Joseph Im, Thérèse Kim, Agathe Y, Suzanne, Catherine Toki.

(1) Il est le même que nous avons appelé Ly. Ainsi des autres Y, ou plus court. Il paraît qu'en langue còréenne, Y et Ly sont la même chose.

Marseille. — Imprimerie P. CHAUFFARD, boulevard du Musée, 21.